Rüdiger Opelt

Macht der Toten

Gewidmet
Wolfgang Ebner
und seinem Team

Wer den Toten die letzte Ehre erweist
sieht hinüber
in die andere Welt

Rüdiger Opelt

Macht der Toten

Salzburg-Krimi

Schardt Verlag Oldenburg

Originalausgabe – Erstdruck

Bibliographische Information der Deutschen Bibliothek:

Die Deutsche Bibliothek verzeichnet diese Publikation in *Der Deutschen Nationalbibliografie*; detaillierte bibliographische Daten sind im Internet über *www.d-nb.de* abrufbar.

Titelbild: Anna Opelt

Umschlaggestaltung: Marlies Mitwollen, Oldenburg

1. Auflage 2011

Schardt Verlag
Uhlhornsweg 99 A
26129 Oldenburg
Tel.: 0441-21 77 92 87
Fax: 0441-21 77 92 86
E-Mail: kontakt@schardtverlag.de
www.schardtverlag.de
Herstellung: FVA, Fulda

ISBN 978-3-89841-580-4

Prolog

Seektstein blickte durchs Fenster und sah die Silhouette der Alpen, das Tennengebirge, den Untersberg und den Hohen Göll. Das Flugzeug machte eine Rechtskurve, um Salzburg von Süden her anzufliegen. Seektstein wollte zu den Osterfestspielen des Jahres 1992 – er hatte Mozarts Klarinettenkonzert gebucht und die Entführung aus dem Serail. Bald würde er im Festspielhaus seine Kumpel aus der SS-Zeit treffen, die inzwischen so wie er selbst zur Elite der deutschen Wirtschaft gehörten.

Jemand tippte ihm auf den Arm. Der kleine Junge auf dem Nachbarsitz wollte auch aus dem Fenster schauen. Wie ein netter Großvater hob Seektstein den Buben zu sich herüber und zeigte auf die Landschaft unter ihm. „Schau, der Gaisberg mit dem Radiosender. Da, die Villa der Familie Trapp. Du kennst doch den Film ‚Sound of Music'? Dort unten waren sie zu Hause, bevor sie vor den Nazis flüchteten, was ja gar nicht nötig gewesen wäre. Goebbels hätte diesen deutschen Familienchor auch gut brauchen können. Jetzt fliegen wir über die Salzach, da unten ist die Villa des Herbert von Karajan oder vielmehr die seiner Witwe Eliette. Gott ist das Haus groß, oder fliegen wir etwa so tief? Man kann der guten Frau Karajan ja schon in den Ausschnitt schauen! Was macht der Pilot da?"

Flugkapitän Meyer hatte eben noch zufrieden auf seine Instrumente geblickt. Nun stemmten sich seine Arme gegen eine Kraft, die seine Selbstsicherheit binnen Sekunden in Panik verwandelte. So sehr er auch versuchte, die Schnauze des Fliegers wieder nach oben zu ziehen, so bestimmt drückte eine unsichtbare Hand das Flugzeug nach unten. Meyer zog mit aller Macht am Steuerknüppel, aber etwas schob diesen unbeirrt nach vorne.

„Das Höhenruder klemmt!"

„Hochziehen!"

„Geht nicht!"

„Mayday, Mayday!"

Während die Stimmen der Piloten hysterisch durcheinander kreischten, sank die Schnauze des Flugzeugs weiter nach unten, und ein kleiner Wald aus Eichen und Birken kam ins Bild. Zwischen hunderten Gräbern erhob sich das Kreuz eines Kriegerdenkmals, welches das Flugzeug magisch anzuziehen schien. Als der Airbus 310 sich in den Salzburger Kommunalfriedhof bohrte, wirbelten Grabsteine wie Geschosse durch die Luft. Blumen und Beete versanken in einem Flammenmeer, und mit ihnen verbrannte das Andenken an Generationen ehrwürdiger Bürger zu Asche. Das Denkmal fiel wie ein Baum und zerbarst auf dem Dach der Friedhofsverwaltung, in welches es eine veritable Schneise schlug.

Und wenn der letzte Rote Mann von dieser Erde verschwunden sein wird und die Erinnerung an ihn unter den Weißen zu einem Mythos geworden ist, dann werden diese Gestade wimmeln von den unsichtbaren Toten meines Stammes; Eure Kinder und Kindeskinder werden nie allein sein. In der Nacht, wenn die Straßen Eurer Städte und Dörfer still geworden sind und Ihr sie verlassen wähnt, werden sie voll sein von den zurückkehrenden Scharen, die einst dieses wundervolle Land bevölkerten und es jetzt noch lieben. Der weiße Mann wird nie allein sein. Möge er gerecht sein und freundlich zu meinem Volk, denn die Toten sind nicht ohne Macht.

Rede des Häuptlings Seattle an den weißen Vater in Washington.

1.

Siler war sauer. Der Kommissar hatte sich von Linz nach Salzburg versetzen lassen, um aus der Schusslinie zu kommen. Was hatte er jetzt davon? Gar nichts. Derselbe Bürokram, dieselben

Intrigen, dieselben missgünstigen Vorgesetzten. Siler hätte genauso gut an der schönen blauen Donau bleiben können.

Nun saß er an der kühlen grünen Salzach, in deren Au man die Salzburger Polizeidirektion errichtet hatte. Welch eine Ironie. Wenn die mordgierigen Älpler in den Gebirgsgauen ihre Leichen in den Fluss warfen, dann konnte man sie wenige Meter neben dem Polizeigebäude aus dem Wasser fischen wie seinerzeit die Holzstämme der Flößer. Praktisch und zeitsparend. Nur das Erheben der Spuren war schwierig, wenn die aufgedunsenen Körper schon gut durchwaschen waren.

Siler hasste das Polizeigebäude. Dessen Architekt war wohl zu oft in Stonehenge gewesen und hatte den uralten Steinkreis in die Moderne übersetzt, indem er die Menhire mit einem griechischen Theater kreuzte. Was dieses Machwerk mit Polizeiarbeit zu tun haben sollte, war ihm schleierhaft. Außer man ging davon aus, dass Stonehenge eine Hinrichtungsstätte gewesen war und die alten Steintore als Galgen gedient hatten.

Bei aller schlechten Laune – Siler hatte gute Gründe gehabt, aus Linz abzuhauen. Zuletzt war er bei den Kollegen völlig unten durch gewesen. Seine spektakuläre Verhaftung eines Primars aus Moskau, sein triumphales Hinausposaunen einer genialen Mordaufklärung – und dann hatte man den Russen aus Mangel an Beweisen wieder laufen lassen. Siler stand da wie ein begossener Pudel. Mehr noch, Ermittlungsfehler warf man ihm vor, drohte gar, ihn wegen Unterschlagung von Beweismitteln unter Anklage zu stellen. Amtsmissbrauch, Voreingenommenheit, und das alles ihm. Nein, es war wirklich besser, in Salzburg unterzutauchen. Dort war die Polizei mit einem inhaftierten Taximörder beschäftigt, der vielleicht doch unschuldig war. Silers Fehler interessierten niemanden.

An die heißen Sachen ließen die Kollegen den Neuen natürlich nicht heran. Alle schwirrten neuerdings auf dem städtischen Friedhof herum, um die Ursachen eines merkwürdigen Flugzeugabsturzes aufzuklären. Siler hingegen durfte im Büro die Stellung halten. So war ihm langweilig, und das war noch schlimmer als die Grübelei über sein angeknackstes Selbstbewusstsein. Vielleicht fand sich ja irgendeine ungelöste Geschichte, mit der er seine Reputation wieder aufbauen konnte.

Immerhin war die Gegend um Salzburg schön. So fand Siler sich mit seiner unangenehmen Lage ab und machte Ausflüge in die Umgebung, um sich von seinem tristen Alltag abzulenken. In einer Broschüre las er, dass ein gewisser Adolf Hitler im nahen Berchtesgadener Land sein Feriendomizil gehabt hatte. So fuhr er am Wochenende auf den Obersalzberg, um das Landhaus des Führers kennenzulernen. Leider war vom ehemaligen Berghof nicht mehr zu sehen als ein paar Mauerreste, von Wald überwuchert. Als Siler orientierungslos unter den Fichten stand, kam ihm ein alter Mann entgegen, der sich als „Dr. Dunkmar, Arzt und Heiler" vorstellte: „Sind Sie wie so viele angezogen vom Dunklen und Bösen, das an diesem Orte weilt?"

„Nein, nein, ich hab mit den Nazis nichts am Hut. Aber immerhin ist dies ein geschichtsträchtiger Ort. Ich dachte, da gäbs noch was zu sehen."

„Das Böse hat sich eingegraben in den Berg. Es muss befriedet werden, damit es sich nicht neue Opfer sucht. Ich habe mir hier ein Haus gekauft, um den Ort von den dunklen Kräften zu reinigen. Irgendjemand muss dies schließlich tun."

„Aha, und was machen Sie da, gießen Sie den Boden mit Weihwasser?" Siler war zynisch, da ihm esoterische Vorstellungen suspekt waren.

„Das würden Sie nicht verstehen, da Sie wie die meisten Menschen nicht an geistige Kräfte glauben. Verlassen Sie diesen unseligen Ort, bevor er von Ihnen Besitz ergreift. Gehen Sie, gehen Sie schnell, bevor es zu spät ist!"

Das ließ Siler sich nicht zweimal sagen. Rasch hastete er zu seinem Auto zurück. Als er sich noch einmal umblickte, sah er, wie der Alte seine Arme beschwörend zum Himmel hob und seltsame Laute von sich gab. Gott, überall trifft man Spinner. Der ist doch nicht ganz dicht im Kopf, dachte er kopfschüttelnd. Die Lust auf Sightseeing war ihm vergangen.

2.

Es machte sich bezahlt, dass Siler den Rest seines Sonntags in der Polizeidirektion verbrachte, um sein obskures Freizeitabenteuer zu vergessen. „Blöde Gedanken wird man am besten durch Arbeit los“, sagte er sich und bot seinem diensthabenden Kollegen an, den Rest des Wochenendes zu übernehmen. Der Kollege eilte froh nach Hause, und Siler war zur Stelle, als am Abend ein Mord gemeldet wurde.

Als Siler am Tatort eintraf, wurde er vom bestialischen Leichengeruch überwältigt, der die Räume der gediegenen Altstadtwohnung in der Getreidegasse durchzog. Die schönste Straße Salzburgs war nicht nur ein Muss für Touristen, die Mozarts Geburtshaus auf ihre Kamera bannen wollten. Es war auch die erste Adresse für gutbetuchte Salzburger, die mit ihrem Ambiente angeben wollten.

Obwohl Siler viel gewohnt war, musste er schnell auf die Toilette, um sich zu übergeben. Da hatte wohl jemand wochenlang in seinem Blut gelegen, bevor er gefunden wurde. Dementsprechend sah der Körper des alten Mannes auch aus, der mit angewinkelten Armen auf seinem Bett lag. Der Bauch aufgedunsen, die Haut wächsern bis wässrig, aus den Augen krochen Maden. Die verkrampft wirkenden Arme zeigten zum Hals, so als hätte der arme Mann keine Luft bekommen und mit den Händen versucht, seine Atemwege frei zu bekommen. Die bläulichen Würgemale wiesen darauf hin, dass ihm der Atem nicht zufällig ausgegangen war.

Siler freute sich, endlich wieder einen Fall bearbeiten zu können. Er wandte sich an die beiden Streifenpolizisten, die schon vor ihm eingetroffen waren. Diese hatten bereits die Nachbarn befragt, denen der Gestank nach einigen Wochen doch zu viel geworden war.

„Es handelt sich um einen pensionierten Psychiater, sehr angesehen, soll aber auch einige Feinde gehabt haben. Hatte bis vor fünf Jahren eine gutgehende Praxis, arbeitete davor lange in der Landesnervenklinik. War dort schon während des Zweiten Weltkriegs, musste aufgrund kriegswichtiger Tätigkeit nicht an die Front." Polizist Junghans war stolz, dass er so viel herausgefunden hatte. „Eines ist allerdings merkwürdig. Die Tür war verschlossen, der Schlüssel steckte innen, auch die Fenster waren zu, sonst hätten die Nachbarn schon viel früher etwas gerochen. Wir mussten die Wohnung aufbrechen. Keine Ahnung, wie der Mörder rein- und wieder rausgekommen ist."

„Wäre nicht das erste Mal, dass ein Mörder seine Spuren verwischt und scheinbar durch die Wand kommt. Der Tote wurde erwürgt, da wette ich meine nicht vorhandenen Orden drauf. Wir werden schon herausfinden, wer das auf welche Weise angestellt hat. Der Heilige Geist wird's nicht gewesen sein, der bringt Menschen zum Reden und nicht zum Schweigen." Siler grinste schadenfroh, als Junghans ihn verständnislos anglotzte.

Als die Spurensicherung und der Gerichtsmediziner ihre Arbeit begannen, rieb Siler sich die Hände. Am nächsten Morgen würden die Experten erste Ergebnisse auf seinen Tisch legen, und die würden seinen Verdacht bestätigen.

3.

Tags darauf fuhr Siler gutgelaunt in die Polizeidirektion. Endlich hatte er einen ordentlichen Fall, und die Salzburger Kollegen konnten ihn nun nicht mehr an den Rand drängen. Nicht einmal der Obus der Linie 3, der zur Stoßzeit wie üblich vollgestopft war, konnte seine gute Laune trüben. Man wurde auf den Stehplätzen so an seine Nachbarn gedrückt, dass dieses Übermaß an Körperkontakt entweder Panik oder erotische Gefühle auslöste, je nachdem, wen man vor und hinter sich hatte. Ein herrliches Biotop für Taschendiebe, die sogar Silers Brieftasche einmal gezogen hatten, und das wollte etwas heißen.

Den ganzen Tag über machte er gute Fortschritte. Durch Telefonate und Hausbesuche erhielt er ein klares Bild des Ermordeten. Ein anerkannter Facharzt, menschlich aber umstritten. Viele Patienten hatten sich über seine ruppige Art beschwert und waren dann meist auf der geschlossenen Abteilung der Nervenklinik gelandet. Dort fühlten sich die Patienten wie im Gefängnis, denn sie blieben in der Regel wochenlang eingesperrt – wegen Fremd- und Selbstgefährdung. Wie lange diese Gefährdung dauerte, bestimmte Dr. Ralmer, der Oberarzt. Viele der paranoiden Patienten, die immer wieder auf der Geschlossenen landeten, hatten daher eine Riesenwut auf ihn. Wenn Sie wegen Fremdgefährdung eingesperrt worden waren, traute man ihnen ganz offiziell einen Mord zu.

Nun war Dr. Jonas Ralmer tot.

Hunderte seiner Patienten hatten ein Mordmotiv.

Siler fuhr in die Landesnervenklinik. Christan-Doppler-Klinik hieß die neuerdings. Nicht etwa, weil seine Insassen doppelt sahen wie Betrunkene oder Schizophrene mit Halluzinationen, auch nicht wegen des Dopplers, der Doppelliterflasche Wein, die Alkoholiker in einem auszutrinken pflegen. Nein, benannt war sie nach dem Entdecker des Dopplereffekts: Wenn ein Polizeiauto mit laufender Sirene näherkommt, wird deren Ton höher, wenn es sich entfernt, wird er tiefer. Das hatte etwas mit Frequenzverschiebung, Hertz-Einheiten und Relativität zu tun. Aber dieser Physikerquatsch interessierte Siler nicht. Er hatte sich seine eigene Interpretation dieses Phänomens zurechtgelegt. Je näher man einem neuen Fall kam, desto höher wurde die Herzfrequenz, wenn man dazu auf Distanz ging, dann sank sie wieder.

Silers Herz schlug also heftig, als er sich in der Klinikverwaltung die Krankenakten von Ralmers Patienten herausgeben ließ. Es würde Tage dauern, die alle durchzuackern. Aus reiner Schikane hatte ihm der Chef der Kriminalpolizei keine Helfer zur Verfügung gestellt. Aber es wurde Siler nicht langweilig, da die geschilderten Einzelschicksale unfassbar waren und ihm nahegingen. Patienten, die als Kinder vergewaltigt und misshandelt worden waren, andere, die schwere Vernachlässigungen überlebt hatten, und solche, die schreckliche Ereignisse, Morde und Selbstmorde hatten mitansehen müssen. Sie konnten einem allesamt leidtun. Alle hatten sie Entsetzliches überlebt, was sie am Ende in den Wahnsinn getrieben hatte.

Siler suchte sich jene Akten heraus, bei denen Gewaltbereitschaft und Hass auf Dr. Ralmer aktenkundig waren. Nach drei Tagen hatte er einen hübschen Stapel beisammen und machte sich daran, die Betreffenden aufzusuchen und zu befragen. So würde er bald seinen Mörder finden.

4.

Nach einigen weiteren Tagen war Siler voll in Fahrt. Die Reihen der Verdächtigen begannen sich zu füllen. Obskure Gestalten, vollgepumpt mit Neuroleptika und voller aufgestauter Wut auf

Gott und die Welt. Sie schienen wie Zombies aus Michael Jacksons Thriller-Video – leere Hüllen, die ein unschuldiges Opfer verfolgten. Obwohl, ein ganz so unschuldiges Opfer dürfte Ralmer nicht gewesen sein. Bis in die siebziger Jahre hatte er bevorzugt Elektroschocks ausgeteilt, um seine Patienten zu befrieden, wenn diese randalierten. Auch an Zwangsjacken hatte er so seine Freude gehabt, und Isolierzellen erschienen ihm oft als Gebot der Stunde. Vor 1945 unter dem NS-Regime war es wohl noch um einiges brutaler zugegangen. Bei einer seiner Patientenbefragungen kam Siler an einer Gedenktafel vorbei, auf der zu lesen stand, dass während des Zweiten Weltkriegs dreihundert Insassen der Nervenklinik durch Euthanasie getötet worden waren. Davon musste Ralmer zumindest gewusst haben, wenn er nicht gar selbst Teil dieser Tötungsmaschinerie gewesen war.

Siler konnte also aus einer Fülle von potentiellen Tätern schöpfen. Die nächste Phase der Untersuchung war schon schwieriger. Er brauchte Beweise dafür, dass einer dieser wilden Kerle wirklich etwas mit Ralmers Tod zu tun hatte. Wie entlockt man aber einem Menschen Indizien, der es vorgezogen hat, sich seine eigene Welt aus Fantasien, Träumen und Ängsten zu erschaffen? Siler bekam tolle Storys zu hören, wie, wo und warum Ralmer getötet worden war. Wenn er diese dann genauer überprüfte, merkte er bald an einer Fülle von Widersprüchen, dass die Geschichten zwar wunderschön erfunden waren, aber absolut nichts mit der Wirklichkeit zu tun hatten.

Bei einigen, die gerade keinen schizophrenen Schub hatten und vernünftig und ansprechbar klangen, stellte sich leider heraus, dass sie zur Tatzeit auf der Geschlossenen eingesperrt gewesen waren.

So kam er nicht weiter. Er fuhr zurück in sein Büro, um das bisher Recherchierte mit seinen Kollegen zu diskutieren. Vielleicht fiel denen ja etwas ein, wenn auch nur aus reiner Bosheit, um Silers Arbeit bloßzustellen.

Als er in der Polizeidirektion ankam, wurde er zum Chef zitiert. Polizeioberst Schmalzl wartete schon auf ihn. Dieser, ein eingefleischter Salzburger aus dem Pinzgau, ein Dickkopf aus dem hintersten Gebirgstal, war entsprechend offen gegenüber allem, was sich aus den flachen Ebenen des Nordens kommend in Salzburg niederließ. Mit einem Wort: Siler hatte keine Chance, ihm etwas recht zu machen. Als er ihm seine Nachforschungsergebnisse samt Täterprofil und Motivhypothesen mitteilte, bekam Schmalzl einen hochroten Kopf.

„Siler, das ist doch alles Schwachsinn. Sie haben gar nichts in der Hand. Sie murksen tagelang mit einem Haufen Verrückter herum. So jemand hat doch gar nicht die Fähigkeit, einen Mord zu planen, in Ralmers Wohnung einzudringen und dann seine Spuren so zu verwischen, dass es wie ein natürlicher Tod aussieht. Und ein natürlicher Tod war es wohl auch. Schauen Sie sich doch den Obduktionsbefund genauer an. Das Einzige, was feststeht, ist, dass der Mann erstickt ist. Da er seit Jahren an Asthma litt und allein in seiner Wohnung war, schließt der Pathologe nicht aus, dass er schlicht und ergreifend an einem schweren Asthmaanfall gestorben ist."

„Aber die Würgemale an seinem Hals, die wird er sich doch nicht selbst beigebracht haben?"

„Auch da ist der Pathologe nicht eindeutig. Ralmer könnte sich in seiner Panik an den Hals gegriffen haben. In seinen Todeszuckungen hat er dann reflexartig zugedrückt, ohne dies zu wollen oder kontrollieren zu können. Die Anordnung der Druckstellen lässt darauf schließen, dass es sich um eine Hand gehandelt hat, die zugedrückt hat. Ein Würger verwendet normalerweise zwei."

„Aber das ist eben kein normaler Fall. Ralmer war Arzt, und Sie glauben doch nicht, dass er die nötige Vorsorge versäumt hat. Dass er nicht wusste, was bei einem Asthmaanfall zu tun ist. Er benutzte einen Alarmpiepser, der mit der Ärztenotzentrale verbunden war. Dort ist kein Alarm eingegangen. Es gibt hingegen jede Menge Menschen, die ihm den Tod gewünscht haben."

„Und wie sollen die in die Wohnung hinein- und wieder hinausgekommen sein, wenn der Schlüssel innen steckte? Durch Zauberei etwa? Haben ihn seine Patienten durch telekinetische Kraftübertragung gewürgt oder durch Voodoo-Stecknadeln ermordet? Nein, Siler, Mord scheidet aus, weil er schlicht und einfach unmöglich war. Der Fall ist geschlossen."

„Schmalzl, das können Sie nicht machen. Sie lassen einen Wahnsinnigen in der Stadt frei herumlaufen, und bald wird der Nächste sterben!"

„Siler, ich habe es satt, dass Sie weiterhin kostbare Polizeiarbeitszeit vergeuden für nichts und wieder nichts. Und was Ihren Riecher betrifft, habe ich von den Linzer Kollegen nicht viel Gutes gehört. Über Ihre Erfolgsquote wollen wir lieber gar nicht reden. Der Fall ist geschlossen, und das ist mein letztes Wort."

„Aber ..."

„Nichts aber, Sie können gehen."

5.

Noah war den Tränen nahe, als er seinen Blick über den Friedhof schweifen ließ. Der Tod hatte hier schon immer geherrscht, aber er war durch Ordnung und Schönheit gezähmt gewesen. Damit war es vorbei. Wo einst das Kriegerdenkmal das Zentrum der Grabstätte gebildet hatte, gähnte ein großer Krater, aus dem das Heck des Flugzeugs ragte, während sich dessen Vorderteil in die Erde gebohrt hatte. Die Grabsteine rundum waren entweder in die Grube gerutscht oder in die verschiedensten Richtungen umgefallen, als hätte die Faust eines Riesen mit ihnen Mikado gespielt. Die großen alten Bäume, die den Trauernden Schatten und Trost gespendet hatten, waren umgefallen und begruben das Chaos aus zerstörten Gräbern, exhumierten Leichen und frischen Toten unter sich.

Noah schauderte. Es würde Monate dauern, das alles aufzuräumen, die Leichenteile richtig zuzuordnen und die Wege und Alleen zwischen den Gräbern wieder herzurichten. Damit nicht genug. Noah und seine Kollegen wurden pausenlos von Angehörigen bedrängt, die voller Verzweiflung danach fragten, wo denn die Leichen lägen – die alten wie die neuen.

Als ob Noah das wissen konnte. Schmerzhaft wurde ihm bewusst, dass es die Ordnung war, die seinen Beruf als Bestatter angenehm und erträglich gemacht hatte.

Alles hatte seine Ordnung im Friedhofswesen. Zuerst wurden telefonisch die Daten der Verstorbenen erhoben, dann die Leichen abgeholt, es wurde den Hinterbliebenen Trost zugesprochen, die Leichen wurden gewaschen, gekleidet und aufgebahrt, die Trauerzeremonie wurde geplant, das Begräbnis durchgeführt, der Sarg hinuntergelassen und dann mit Erde bedeckt. Jeder Tote kam in der Reihenfolge seines Ablebens dran, der Zeitpunkt des Todes bestimmte, wer früher begraben wurde und wer später. Niemand konnte sich vordrängen oder zur Seite geschoben werden – beides wäre den Toten zugegebenermaßen schwer gefallen.

Noah liebte seinen Beruf. Obwohl manche erschrocken zurückzuckten, wenn sie die Aufschrift „Bestattung Mortin“ auf seiner schwarzen Uniform entdeckten, sah er das Begraben als eine Art Berufung an. Der Tod wollte ebenso gewürdigt werden wie das Leben. Schließlich starb jeder, und jeder verlor früher oder später einen Angehörigen. Noah wurde gebraucht, und das erfüllte sein Leben mit Sinn. Er liebte den Galgenhumor seiner Kollegen, die mehr zu lachen hatten als Handwerker oder

Sekretärinnen. Er liebte es, mit seinem Leichenwagen in jedem Halteverbot stehen bleiben zu können. Als ihn einmal ein übereifriger junger Polizist daran hindern wollte, schlug er ihm vor, die Leiche aus dem zweiten Stock selbst abzuholen, wenn ihm dies lieber wäre. Da war dieser sehr schnell stumm.

Noah liebte die Zeremonien und war der Disk-Jockey der Begräbnisse. Er hatte für jeden Trauerfall das richtige Lied auf Lager. In seiner angenehmen und ruhigen Art verwandelte Noah den Friedhof in einen Konzertsaal, der von sizilianischen Trauermärschen über Brahmskompositionen bis hin zu fetziger Rockmusik alles zu bieten hatte, was sich ein trauernder Mensch nur wünschen konnte.

Doch nun war alles dahin. Wie sollte man auf einem Schlachtfeld schöne Begräbnisse durchführen? Wo konnte man noch eine würdige Aufbahrung machen? Wo sollte man überhaupt noch ein Grab ausheben, wenn die Gräber selbst in einer riesigen Grube verschwunden waren?

Noahs Welt war eingestürzt, und das erschütterte ihn mehr, als einen Selbstmörder stückchenweise von den Bahngleisen zu kratzen.

Er überlegte, sich als Bademeister im Städtischen Schwimmbad zu bewerben. Das wäre nicht weiter schwer gewesen, denn er kannte den Leiter der zuständigen Magistratsabteilung, und das Schwimmbad war Noah durch das Bergen einiger Wasserleichen in bester Erinnerung. Doch die nächsten weinenden Angehörigen, die Halt an seiner kompetenten Hand suchten, holten ihn in die Welt des Abschieds und des Loslassens zurück. Hier war sein Platz, an ihm hing sein Herz, auch wenn es lange dauern würde, bis der Friedhof wieder ein Ort des Friedens sein würde.

Seufzend machte sich Noah wieder an die Arbeit. Aufräumen, Skelette suchen und Knochen zuordnen, bis die Hände schwer wurden.

6.

Es war Zeit, sich ordentlich zu betrinken. Die Demütigungen der letzten Zeit waren zu viel gewesen. Siler hatte inzwischen selbst Mordfantasien. Die Frage war nur, ob zuerst Oberst Schmalzl oder Kommissar Richer, der hochnäsige Streber, dran glauben musste. Dass Vorgesetzte ungut sein können ist ja normal und in jedem Krimi nachzulesen. Dass aber der gute Richer sich vom ersten Tag an in den aus Linz zugereisten Kollegen verbiss, war absolut unnötig. Täglich hatte er zur Begrüßung ein nettes Scherzchen zur Hand: „Ich dachte, in Linz beginnts, aber bei Ihnen beginnt wohl gar nichts." „Waren Ihnen die Morde zu heiß oder die Hochöfen der Linzer Stahlwerke?" „Hat man Ihnen dort auch alle Fälle wegen Unfähigkeit entzogen?" Richer kanzelte ihn so von oben herab ab, dass Silers Schlagfertigkeit sich meist auf ein wütendes Knurren reduzierte.

Das wirkliche Problem aber war, dass man Siler erst gar keine Fälle gab. Er musste als Gehilfe hinter Richer und Konsorten herhumpeln. Und nun hatte man ihm den einzigen Fall, mit dem er hätte reüssieren können, schon wieder entzogen.

Schmalzl fiel ihm ein, dieser widerwärtige Kerl. Wahrscheinlich hieß der so, weil er sich wie Elvis Presley eine Locke in die Stirn gelte, was bei seinem schütteren Haar mehr als dämlich aussah. Als Chef war er völlig unfähig, weil er wahre Polizeikunst nicht zu schätzen wusste. Und er war ein Feigling, weil er wohl fürchtete, dass hinter dem Tod des Psychiaters irgendein Skandal zu Tage treten würde, den Salzburg nicht brauchen konnte. In Salzburg hatte es schon viele Skandale gegeben – einen Wohnbauskandal, den Rücktritt des Bürgermeisters und der halben Landesregierung, veruntreuende Treuhänder, Ermittlungsfehler und vieles andere mehr. Besser man ließ die Toten ruhen, bevor wieder einer der Großen stürzte und kleine Polizisten dafür als Bauernopfer herhalten mussten.

Während Siler sich das vierte Bier und den dritten Schnaps hinunterschüttete, wurden seine alkoholverklärten Fantasien auf einmal Wirklichkeit. Als er seinen verschwommenen Blick durch sein Stammlokal schweifen ließ und dessen Gäste inzwischen ganz nett fand, ging die Tür auf. Sein liebster Gegner trat ein.

Kommissar Richer kam ohne Zögern auf ihn zu. Er wollte sich die Gelegenheit nicht entgehen lassen, seinem Lieblingsopfer eine neue Breitseite zu geben.

„Na, Bodo, schüttest dir mal wieder die Birne voll vor lauter Verzweiflung, dass darin kein vernünftiger Gedanke zu finden ist?"

Darauf konnte man tatsächlich nichts Vernünftiges erwidern, und so schüttete Siler seinem Kollegen das Bier ins Gesicht.

Es hätte wohl eine ordentliche Schlägerei gegeben, wären nicht einige beherzte Männer eingeschritten, um die beiden Kontrahenten zu trennen.

Richer prustete sich den Bierschaum aus dem Gesicht und fauchte Siler an: „Sie ekelhafte Kreatur, man hätte Sie in den Donauauen ersäufen sollen wie einen räudigen Kater. Kretins wie Sie schicken wir normalerweise ins Landespflegeheim, damit sie unser schönes Salzburg nicht verunstalten!"

Siler blieb ihm nichts schuldig: „Besser ein Kretin als ein Gockel, der so aufgeblasen ist, dass er beim ersten Kikeriki-Schrei explodiert."

Richer wollte sich erneut auf ihn stürzen, aber vier gut trainierte Männerarme hielten ihn wie in einem Schraubstock gefangen.

Während Siler und Richer sich mangels Armfreiheit mit fratzenhaften Grimassen niederzuringen suchten, betrat eine Polizeistreife das Lokal und trat auf Richer zu. Als ihm kurz Bericht erstattet wurde, nahm Richers Gesicht einen geschäftsmäßigen Ausdruck an. Als wäre nichts gewesen, wandte er sich Siler zu:

„So, Herr Kollege, Schluss mit lustig, wir haben zu tun. Es wurde ein Mensch vom Mönchsberg gestoßen."

„Tot oder lebendig?"

„Seit er auf dem Herbert-von-Karajan-Platz aufgeprallt ist, ist er jedenfalls mausetot."

7.

Der Karajanplatz ist einer der nobelsten Orte der Stadt. Er schmiegt sich an den Mönchsberg an, welcher die Salzburger Altstadt halbkreisförmig von Süden umschließt. Hier fahren die edlen Audi-Karossen durch, wenn sie Staatsgäste und Wirtschaftsbosse zum Festspielhaus kutschieren, das an eine Seite des Platzes grenzt. Manche brauchen gar keinen Audi, weil sie nur ein paar Schritte gehen müssen, um vom Hotel „Goldener Hirsch" zum Festspielfoyer zu gelangen.

So war es auch während der Osterfestspiele 1992. Thomas und Thea Gottschalk, Gloria von Thurn und Taxis, Millionär Flick mit junger Ehefrau, Kanzler Kohl, Bundespräsident Waldheim, diverse Minister aus aller Herren Länder, alles was Rang und Namen hat, wurde hier gesehen. Der Karajanplatz war ein Eldorado für Pressefotografen und Paparazzi, die sich um die barocke Pferdeschwemme postierten, wo überlebensgroße Rösser aus Marmor sich vor alten Wandfresken in Pose werfen. Zwischen Festspielhaus und Pferdeschwemme spuckte das Neutor, ein unter Erzbischof Schrattenbach erbauter Tunnel im Mönchsberg, die vielen Autos aus, deren Insassen den jährlichen Almauftrieb der High Society nicht verpassen wollten. Über dem Tunnelportal befand sich ein alter Steinbruch, den Erzbischof Gandolf von Kuenburg hatte brechen lassen, um aus Konglomeratsteinen das barocke Salzburg zu erbauen.

Am Boden dieses Steinbruchs lag die Leiche.

Siler und Richer hasteten die kleine Eisentreppe hinauf, die vom Karajanplatz zum Steinbruch führt. Oben wurden sie von einigen Kollegen erwartet, die um eine grotesk verrenkte Leiche herumstanden.

„Weiß man schon, um wen es sich handelt?“ wollte Richer wissen.

„Ein alter Pfleger aus der Nervenklinik, der oft über den Mönchsberg nach Hause marschierte, wenn sein Job in der Klinik erledigt war. Sinnigerweise kam er dabei immer an jener Stelle vorbei, an der sich seine Patienten in Selbstmordabsicht in die Tiefe stürzen. Dort hat ihn heute einer hinuntergestoßen. Hätte eigentlich vor Jahren schon in Pension gehen können. Jetzt war jemand offensichtlich der Meinung, dass die Zeit für seinen Ruhestand gekommen ist.“

„Tragisch und tröstlich: im Tod mit seinen Patienten vereint“, feixte Richer, dem keine Situation zu ernst für ein blödes Witzchen war.

Siler war nicht nach Feixen zumute, und so hielt er den Mund. Innerlich frohlockte er: der zweite Todesfall aus dem Umkreis der Nervenklinik. Er konnte schon Schmalzls betretenen Gesichtsausdruck sehen, wenn der zugeben musste, dass Silers Mordthesen doch nicht so weit hergeholt waren.

„Haben wir Zeugen?“ fuhr Richer in trockenem Ton fort.

„Ein altes Mütterchen will einen Schatten hinter dem Pfleger gesehen haben, als dieser über die Brüstung oberhalb des Steinbruchs fiel. Sie behauptet Stein und Bein, dass dieser Schatten den Mann über die Brüstung gestoßen hat.“

„Das muss aber schon ein starker Schatten gewesen sein, wenn er diesen Hundert-Kilo-Brocken über die Brüstung befördert hat. Muss ihn wohl am Hosenboden gepackt haben. Ist sich die alte Dame ganz sicher, was sie da gesehen hat?“

„Na ja, nicht wirklich, denn sie sieht aufgrund ihres Alters nicht mehr gut. Darum spricht sie ja auch nur von einem Schatten, der sich hinter dem Mann bewegt hat, kann aber keinen Täter beschreiben."

„Na super, wir haben also nichts in der Hand", murrte Richer. „Habt ihr wenigstens ein paar Verdächtige gefunden?"

„Wir haben den Mönchsberg weiträumig abgesperrt. Alle Zugänge von Mülln, Riedenburg, Mönchsberglift, Nonntal und der Altstadt sind abgeriegelt. Zwanzig Polizisten durchstreifen gerade den Berg."

„Na dann nichts wie hin. Finden wir unseren Schattenmann."

8.

Siler und Richer rannten zur Toskanini-Stiege, die sich beim Bühneneingang des Festspielhauses den Berg hinaufschlängelt. Schlängeln hatte der Erbauer des Festspielhauses wörtlich genommen, denn als die beiden Kommissare nach oben blickten, grinste ihnen ein steinernes Schlangenmaul entgegen, bereit, alles zu verspeisen, was dem Berg seine Geheimnisse entringen wollte. Davon unbeeindruckt hasteten die beiden Polizisten die Stufen hinauf, die kein Ende nehmen wollten. Siler blieb keuchend stehen, was Richer einen mitleidigen Blick entlockte. Da aber auch er nicht so frisch war wie er vorgab, verzichtete er diesmal auf eine bissige Bemerkung.

Als sie oberhalb des Steinbruchs angekommen waren, rangen beide nach Luft.

Siler blickte in den Abgrund. Kerzengerade fiel die steile Wand nach unten. „Ein Freiflug von ungefähr fünfzig Metern. Wer da hinunter springt, ist sicher tot."

„Immer noch besser als bei den wenigen Überlebenden zu sein. Die haben dann wirklich einen Grund, sich umzubringen.

Querschnittsgelähmt, debil oder deformiert, suchen Sie es sich aus."

„Ein psychiatrischer Pfleger, der Routine mit Selbstmördern hat, stürzt sich sicher nicht gerade hier hinunter. Er ist wohl wirklich gestoßen worden."

„Dann schauen wir mal, ob die Kollegen unseren Verdächtigen gefunden haben."

Langsam trudelten die ausgeschwärmten Polizisten bei den Kommissaren ein, mit einigen Passanten im Schlepptau, die sich den Abend durch einen Mönchsbergspaziergang hatten versüßen wollen.

Die Kommissare waren mit ihrer Ausbeute nicht wirklich glücklich: Eine Jungfamilie mit einem dreijährigen Kind. Ein Pensionist, der auf dem Mönchsberg seine Villa hatte. Ein Mönch vom Pallottinerstift, welches auch nicht gerade für seine kriegerische Philosophie bekannt ist.

Mit diesen Verdächtigen war kein Staat zu machen. Keiner von ihnen hätte die Kraft gehabt, den schweren Pfleger über die Brüstung zu hieven.

Der „Schatten" war wohl über irgendeinen Abhang den Berg hinuntergeklettert und längst über alle Berge.

„Vielleicht kann er ja fliegen", flüsterte Siler in einem Anflug von sechstem Sinn und schüttelte sofort den Kopf über diesen abwegigen Gedanken. Richer blickte ihn missbilligend an: „Sie sind wohl selbst einer der Debilen, die den Flug in den Abgrund mit zerbeultem Hirn überlebt haben."

9.

Noah musste sich ablenken. Das Chaos auf dem Kommunalfriedhof machte ihn depressiv. Es würde noch Monate dauern, bis ein Bestatter dort wieder seines Lebens froh werden und die sprichwörtliche Friedhofsruhe einkehren konnte. So war es ein Glück, dass Salzburg mit vielen Friedhöfen gesegnet ist, die alle von Zeit zu Zeit der helfenden Hand eines Fachmannes bedürfen. An jenem Tag war der Sebastiansfriedhof dran, in der Neustadt über der Salzach gelegen. Noah überquerte die Staatsbrücke, ging durch die Linzergasse und wandte sich bei der Sebastianskirche nach links. Im quadratischen Hof eines alten Klosters lagen die Toten aus der beginnenden Neuzeit, aus Renaissance, Barock und Klassik begraben. Nicht zufällig lag hier die Familie Mozart, denn man hätte die Gräber nach den Epochen der Musik einteilen können. Im Zentrum der Anlage thronte das Mausoleum des Erzbischofs Wolf Dietrich von Raitenau, des Erbauers der Salzburger Altstadt. Wolf Dietrich beherrschte den Friedhof im Tod so, wie er zu Lebzeiten die Stadt seinem Willen unterworfen hatte. Ein würdiger König der Toten, denn er hatte dem alten Salzburg den Todesstoß versetzt, die halbe Altstadt abreißen lassen, um darauf die großen Plätze und Kirchen zu errichten, auf denen man nun so medienwirksam den Jedermann aufführen konnte, Salzburgs berühmtes Stück vom Tod des reichen Mannes. Ironischerweise hatte Wolf Dietrich für jedermann wenig übrig, denn er ließ die Bürger der Stadt vertreiben, und es kümmerte ihn nicht, wo diese fortan ihr Leben fristeten. So schien es Noah nur recht und billig, dass man im Sarkophag des Fürsten keine Gebeine mehr gefunden hatte. Er war nun für alle Zeiten ausgelöscht, nur die Fassade seines Grabmals blieb übrig.

Nachdem die Archäologen und Gerichtsmediziner bei Wolf Dietrich nicht fündig geworden waren, wandten sie sich der Familie Mozart zu. Deren Grabmal gab es noch, und ganze Touristenschwärme wurden daran vorbeigeführt, bekamen rührende Geschichten von Mozarts Verwandten zu hören, die hier ruhten und im Tode noch über die Stadt des weltbesten Komponisten wachten. Wie überall machten die Japaner viele Fotos, die

Erzählungen der Fremdenführer trieben ihnen Tränen in die Augen.

Die Mediziner hatten allerdings anderes im Sinn als die Japaner. Ausgangspunkt ihrer Überlegungen war der Schädel von Wolfgang Amadeus Mozart, der in Wien von einem Privatgelehrten aus dem Massengrab gestohlen wurde, in welchem Mozart bestattet worden war. Eine obskure Geschichte, aber die Nachkommen des Gelehrten schworen alle Eide, im Besitz des echten Mozartschädels zu sein. Doch wie sollte dieser 1870 in den Besitz des seltsamen Professors gekommen sein? In den Salzburger Nachrichten stand jedoch zu lesen: „Führender Knochenexperte befindet, dass es sich um Mozarts Schädel handeln könnte, ersichtlich am zusammengewachsenen Stirnbein, das zu Mozarts hervortretenden Augen passt."

Die Gelehrten der neunziger Jahre wollten die Echtheit des Schädels beweisen. Zwar würde dieser keine Opern und Symphonien mehr schreiben, dennoch entnahmen sie Proben davon und verglichen sie mit den Gebeinen von Nannerl und Vater Leopold in der frohen Erwartung, dass alle drei genetisch übereinstimmen müssten. Umso größer war die Enttäuschung, als sich keinerlei Verwandtschaft feststellen ließ. Entweder hatte keiner der drei etwas mit der Familie Mozart zu tun, oder in dieser Familie war es anders zugegangen als überliefert. Da man am hehren Mozartbild nicht kratzen wollte, wurde die medizinische Akte schnell geschlossen. Die Fremdenführer blieben aber bei ihren Geschichten, die den Touristen weiter Tränen entlockten.

Noah musste schmunzeln, als er an diesen Reinfall der Wissenschaftler dachte. Die konnten für unwichtige Fragestellungen viel Geld ausgeben, um am Schluss ein Mäuslein zu gebären, wo ein Berg gekreißt hatte. Darum hatte er mit Wissenschaft nichts am Hut und beschäftige sich lieber mit den konkreten Fragen des Lebens – oder vielmehr denen des Sterbens.

Aber genug philosophiert. Noah hatte zu tun. Nachdem er in St. Sebastian alles kontrolliert hatte, ging er weiter zum Friedhof Gnigl, idyllisch an einem Ausläufer des Gaisbergs gelegen. Dort sollte Noah eine Gruft räumen. Wer in Salzburg etwas auf sich hielt, der hielt sich so ein steinernes Familiengrabmahl. Da deren Zahl begrenzt war, mussten die Neureichen warten, bis eine der alten Familien sich den teuren Unterhalt ihrer Begräbnisstätte nicht mehr leisten konnte.

An jenem Tag war es so weit. Die Gruft der Familie Grubmoser wurde geräumt.

Am Grabmal angekommen, fand Noah einige Totengräber in eine wilde Diskussion mit einer jungen Frau verstrickt. Zwar war das schmiedeeiserne Tor der überdachten Grabstätte geöffnet und die Grabplatte weggeschoben, aber die armen Kollegen kamen nicht dazu, ihre Arbeit zu verrichten.

Noah griff klärend ein: „Gnädige Frau, das ist eine sehr alte Gruft. Da sind zehn Leichen drinnen. Wenn Sie die Gruft loswerden wollen, müssen wir zuerst die Leichen entsorgen. Das kostet, denn die lösen sich ja nicht einfach in Luft auf, auch wenn man das bei dem Geruch hier durchaus annehmen könnte."

„Was geht mich meine tote Urgroßtante an, oder mein Urgroßonkel oder mein Ururgroßvater?" zeterte die junge Frau. „Keinen dieser Toten habe ich je gekannt. Warum soll ich also das horrende Salär bezahlen, das die Friedhofsverwaltung für ihre Beseitigung verlangt? Mein Vater hat sich gerade erhängt und wollte auf keinen Fall bei jenen begraben werden, die an seinem Unglück schuld sind. Ich zahle keinen Cent für diese Stätte des Grauens."

„Junge Dame, ich verstehe Ihren Standpunkt. Aber Vorschrift ist Vorschrift. Entweder Sie zahlen die Gebühr für die Gruft oder Sie bezahlen die Entsorgung der Leichen, damit jemand anders die Gebühr für die Gruft bezahlen kann. Eine andere Möglichkeit gibt es nicht."

„Sie Halsabschneider, Sie bereichern sich am Unglück der Toten, möge deren Fluch über Sie kommen!" schrie die sichtlich gestresste Frau, drehte sich um und verließ, demonstrativ mit ihren High Heels auf die alten Grabplatten stampfend, den Friedhof.

Noah war aufgelöste Angehörige gewöhnt. Aber der Fluch der Gruftbesitzerin stimmte ihn doch nachdenklich. In den letzten Tagen hatte er genug schlechte Nachrichten erhalten. Es war Zeit, dass sich der Himmel über der Friedhofswelt wieder aufhellte.

10.

Pater Faissauer war ein gläubiger Anhänger der katholischen Kirche. Ein Pfarrer von altem Schrot und Korn. Nach seiner Überzeugung war jedes Dogma den Jüngern Christi vom Heiligen Geist persönlich eingegeben worden, die Kirchengeschichte ein zweitausend Jahre währendes Pfingstfest, in welchem die Erleuchtung des Herrn über jeden kam, der sein Herz dafür offen hielt.

Leider hielten die Salzburger ihre Ohren für die Worte des Herrn verschlossen, seit das Land nicht mehr von den Erzbischöfen regiert wurde. Salzburg war ein Sündenpfuhl geworden, hatte seine spirituelle Vergangenheit vergessen und betete nur mehr Mammon an, den Götzen des Geldes, der sich bei jeder Jedermann-Aufführung selbst entlarvt, indem er aus seiner

Schatztruhe springt, um die Menschen kurz darauf ihrem Schicksal zu überlassen.

So war das Schicksal der Salzburger ein schreckliches geworden. Geistig ausgehöhlt und leer, strebten die Bewohner der Stadt nur mehr danach, möglichst viel am Tourismus zu verdienen. Sie missbrauchten die herrlichen Kirchen, den Dom und die Klöster als Kulisse für einen kitschigen Heimatfilm, ohne auch nur im Geringsten darüber nachzudenken, was Glaube und Geist bedeuten.

Salzburg, Primas Germaniae. Hier hatte der Heilige Rupert das erste Kloster nördlich der Alpen errichtet. Von hier aus waren Süddeutschland, Österreich und Ungarn christianisiert worden. Rupert und seine Nachfolger hatten die Saat des Glaubens unter die Heiden getragen und Bistümer errichtet in Passau und Freising, in Gurk, in Seckau und Gran.

Die weltlichen Herren hatten diesen hohen Geist geschätzt und die Bischöfe mit Ländern und Schenkungen bedacht. Nicht ohne Grund war Salzburg zum bedeutendsten geistlichen Fürstentum Deutschlands aufgestiegen.

Nicht weil es irgendeinem Kaiser so gefiel.

Nicht einmal, weil es den Päpsten in Rom gut in ihre Pläne passte.

Salzburg war das christliche Zentrum Deutschlands geworden, weil Gott persönlich dies so gewollt hatte.

Und nun traten seine Bewohner Gottes herrlichen Plan mit Füßen. Sie reduzierten diesen Ort des Glaubens auf architektonische Brillanz und ökonomischen Nutzen.

Pfui Teufel.

Dafür würden sie die Rechnung zu zahlen haben.

Papst Johannes Paul II. hatte die Zeichen der Zeit erkannt und mit Bischof Eder einen treuen Jünger der alten Lehre eingesetzt. Und was taten die Salzburger? Sie machten sich über Eder lustig, nahmen keines seiner Worte ernst, so als wäre er antiquiert, verschroben und nicht ganz dicht im Kopf.

Wenn nicht einmal Papst und Bischof das Ruder herumreißen konnten, wer sollte dann die Stadt noch retten? Sie würde untergehen wie Sodom und Gomorrha. Und er, Pater Faissauer, würde seinen Beitrag dazu leisten. Einen tödlichen Beitrag.

Für die, die sehen wollten, hatte das Jüngste Gericht längst begonnen, dachte Faissauer triumphierend.

In der festen Überzeugung, dass schreckliche Zeiten bevorstünden, wollte Faissauer zumindest zur rechten Zeit an der richtigen Stelle stehen. So war es ihm recht, dass er von Bischof Eder zum Priester der Friedhöfe ernannt wurde – eigentlich hatte er selbst dem Bischof nahegelegt, eine solche Ernennung durchzuführen. Denn Faissauer fühlte sich auf dem Kommunalfriedhof wohl. Jemand musste ja die vielen Begräbnisse leiten und zumindest den Toten den richtigen Weg weisen, wenn schon die Lebenden nicht hören wollten. Während sich seine Priesterkollegen vor den Begräbnissen drückten wo sie nur konnten – je weniger sie wurden, desto mehr Pfarreien hatten sie zu betreuen und kümmerten sich lieber um Hochzeiten und Geburten –, fühlte sich Faissauer unter den Toten in seinem Element.

Es war ihm eine personliche Genugtuung, die weltlichen Sünder ihrer Bestimmung zuzuführen und jedes Begräbnis zu einer Mahnung für die Angehörigen zu machen, umzukehren und zurück auf den richtigen Weg zu finden.

„Was könnt ihr schon mitnehmen von eurem Geld und euren Häusern, wenn ihr vor unseren Herrn tretet?“ fragte er die Trauernden wieder und wieder und war erst zufrieden, wenn er in der Trauergemeinde nachdenkliche Gesichter erblickte. Dann hatte er die Mission erfüllt, zu der Gott, der Herr, ihn ausersehen hatte.

Wieder einmal würde er seinen göttlichen Auftrag erfüllen und einen der Gottlosen der heiligen Mutter Erde anvertrauen. „Näher mein Gott zu dir" tönte es hinauf zu den Wolken. Dann hub der Pater an zu sprechen: „Brüder und Schwestern im Herrn, wir sind hier zusammengekommen, um Dr. Jonas Ralmer das ewige Geleit zu geben, seinen Körper der Erde und seine Seele dem Herrn anzuvertrauen. Viele kannten Dr. Ralmer als treusorgenden Arzt ..."

Einer der Zuhörer musste fürchterlich husten, und so fing Faissauer noch mal von vorne an. „Viele kannten Dr. Ralmer als treusorgenden Arzt, als Pfleger der geistig Verwirrten, die nicht mehr wussten, was sie denken und was sie glauben sollten. Aber sind wir nicht alle geistig verwirrt? Haben wir nicht alle unseren inneren Kompass verloren, die Stimme unseres Gewissens, das uns zu Gott dem Herrn führen will? Viele machen sich über die Verrückten lustig, die ihre kostbare Lebenszeit an sinnlose Vorstellungen verschwenden und Dinge glauben, die es in Wirklichkeit gar nicht gibt. Aber tut das nicht jeder von uns? Denn was ist die Wirklichkeit? Das, was uns Zeitungen und Nachrichten vorgaukeln? Oder das, was wir in unseren Herzen fühlen? Jeder von Ihnen, auch wenn Sie es nicht wahrhaben wollen, jeder von Ihnen kennt die Antwort. Unser lieber Mitbruder Ralmer ist eines fürchterlichen Todes gestorben, gefällt von feiger Mörderhand. Ist Gott grausam, weil er dies zulässt? Oder will er uns in seiner Güte etwas zeigen? Wollte er Ralmer etwas aufzeigen, ihn und uns alle hinführen zum göttlichen Gericht, vor dem wir bald stehen werden? Wer ohne Fehl ist, der werfe den ersten Stein, so steht es in der Bibel. Wir sind nicht hier, um über Ralmer zu richten oder über seinen Mörder, wir kennen nicht die guten und die schlechten Taten, die nun vor der Ewigkeit abgewogen werden. Aber jeder von uns kennt seine eigenen Taten, seine eigenen Fehler und Schwächen. Und so ist Ralmers Tod ein Mahnmal für uns alle, in uns zu gehen, zu bereuen und den richtigen Weg zu finden, bevor wir ihm auf dem Weg alles Irdischen folgen. Brüder und Schwestern, wählt den richtigen Pfad, bevor es zu spät ist. Den Pfad, der euch zu Gott führt."

Verklärt blickte Faissauer zum Himmel. Von seinen Worten berauscht, hatte er sich in Rage geredet und gar nicht gemerkt, dass ihm keiner mehr zuhörte. Alle hatten sich dem offenen Grab zugewandt und beeilten sich, möglichst schnell Erde auf den Sarg zu werfen, den die Bestatter eiligst hinuntergelassen hatten.

11.

Arbeiten ist gut gegen Schwierigkeiten und schlechte Laune. Nach dem Chaos auf dem Kommunalfriedhof und dem Trouble auf dem Gnigler Friedhof zog sich Noah in die Bestattung Mortin zurück. Das Bestattungsgebäude lag auf einem großzügig gestalteten Areal in der Salzburger Vorstadt. Im hinteren Trakt des Gebäudes wurden Särge in allen Größen und Stilrichtungen gelagert, vorne im Büro machte Noah seinen Telefondienst. Hinten konnten die Angehörigen in Ruhe den passenden Sarg für ihre Verblichenen aussuchen, ohne von neugierigen Gaffern gestört zu werden. Nach Feierlichkeiten wurden schon mal Särge als Nachtlager für Bestatter zweckentfremdet, die es nicht mehr nüchtern nach Hause schafften. Sie dachten sich nichts dabei, denn sie lagen dort weich gepolstert und bequemer als in manchem Bett. Im Büro wurden die Daten der Verstorbenen aufgenommen, Formulare ausgefüllt und die Wünsche der Angehörigen notiert.

Noah ordnete seinen Schreibtisch. Er schmunzelte kurz über ein paar lustige Grabsprüche, die er an die Wand gehängt hatte: Da hieß es über einen verunglückten Bergsteiger: „Aufigstiegn, obagfalln, dasteßn, eingrabn." Und über eine jung verstorbene

Frau: „Die Jungfrau starb mit siebzehn Jahr, grad als sie zu gebrauchen war." Nach dieser kurzen Erheiterung wandte Noah sich den Prospekten des Wiener Vereins zu, der im Sterbefall die Kosten der Begräbnisse übernimmt: „Machen Sie sich einen schönen Tod", „Denken Sie schon heute an den wichtigsten Tag in Ihrem Leben, der Ihnen für immer alle Sorgen nimmt." Die Bestatter waren im Nebenberuf Vertreter für die Policen des Sterbevereins und legten jedermann nahe, für das Ende des Lebens vorzusorgen: „Haben Sie eine Ahnung, was so eine Beerdigung kostet? Abholung, Sarg, Begräbnis, Musik, Feier – fünftausend Euro gehen da locker drauf. Haben Ihre Angehörigen so viel Geld? Wenn nicht, dann führt der Schock über die Kosten dazu, dass Sie ein Sozialbegräbnis bekommen. Das ist nicht so lustig, wie es klingt. Besser die Versicherung zahlt für Sie."

Während Noah seine Werbesprüche übte, betrat eine alte Dame das Büro: „Grüß Gott. Ich möchte alles für mein Ableben regeln und mich erkundigen, was ich dafür tun muss."

„Möchten Sie vielleicht eine Sterbeversicherung abschließen, dann haben Sie für alles vorgesorgt", kam es blitzschnell aus seinem Mund.

„Eine Sterbeversicherung brauche ich eigentlich nicht, denn ich sterbe sowieso bald. Bin ja schon neunundsiebzig, und meine Söhne können es kaum erwarten, dass ich das Zeitliche segne. Weil die jungen Bosnigl mir nach meinem Ableben sicher alles zu Fleiß tun und meinen letzten Willen mit Füßen treten werden, möchte ich heute schon alles festlegen. Also sagen Sie mir, was Sie im Angebot haben und was Sie mir für mein Begräbnis raten."

Das tat Noah gerne. Er liebte diesen Teil seines Jobs. Beraten, auf Wünsche eingehen, das Fest des Todes im Sinne des Sterbenden gestalten, das alles hatte Stil. Nach einer Stunde hatte die alte Frau ausgesucht, was sie wollte, und war zufrieden. Nachdem sie die entsprechenden Formulare ausgefüllt hatte, wandte sie sich zum Gehen. An der Tür drehte sie sich noch einmal um: „Eines sage ich Ihnen: wenn jemand bei meinem Begräbnis sagt, dass ich eine böse alte Schachtel war, dann steige ich aus dem Grab und hau ihm eins über den Schädel, damit er zur Besinnung kommt. Erst dann werde ich in Frieden ruhen."

Noah schaute verdutzt, als die Alte verschwunden war. Aber wenn er ehrlich war, traute er der rüstigen Dame ein solches Verhalten durchaus zu.

12.

Am nächsten Tag war Noah im Fahrdienst eingeteilt. Je nach Sterbelage konnte dieser langweilig sein oder auch spannend. Solange niemand starb, mussten Noah und sein Kollege Gerätschaften pflegen, Sanitärsärge desinfizieren, Leichenwagen reinigen und derlei Langweiliges mehr. Das war zwar in Ordnung, aber nicht wirklich das, wonach sie sich sehnten. Wenn allerdings ein Sterbefall gemeldet wurde, dann düsten die beiden mit dem schwarzen Leichenwagen los und versuchten, schnellstmöglich am Ort des Geschehens zu sein. Oft trafen sie dort als Erste ein, noch vor Arzt und Priester. Ihnen oblag es, die aufgelösten Angehörigen zu beruhigen und zu regeln, was zu regeln war. Sie verständigten die Polizei, wenn ihnen etwas verdächtig schien, und waren daher mit den Polizisten gut Freund. Dieses Einvernehmen mit den Behörden nutzten sie leidlich aus, um alle Verkehrsregeln, Park- oder Halteverbote zu missachten.

Einmal wollte sich Noahs Kollege in der Altstadt bei seinem Lieblingsfleischhauer eine Leberkässemmel holen. Dazu blieb er am Anfang der Getreidegasse stehen, mitten in der Fußgänger zone im strengsten Halteverbot. Noah bewachte das Auto, was sich als nötig erwies. Denn kaum war Kollege Peter im Fleischerladen verschwunden, machte sich ein junger Polizist daran, Noah einen Strafzettel zu verpassen.

Noah musste sich etwas einfallen lassen: „Herr Inspektor, zu Ihrer eigenen Sicherheit, halten Sie sich von unserem Wagen fern! Wir haben eine hochinfektiöse Leiche, muss den Ebola-Virus haben oder so was Ähnliches. Mein Kollege ruft gerade das Gesundheitsamt an und fragt, was wir tun sollen, aber ich glaube, mich hat es schon erwischt." Noah bekam einen Hustenanfall, welcher jedem Asthmatiker zur Ehre gereicht hätte.

Leichenblass machte sich der junge Polizist daran, zwischen sich und der Leiche möglichst schnell einen möglichst großen Abstand zu schaffen.

Der Fahrdienst hatte so seine Freuden. Noah und Peter waren ein eingespieltes Team und hatten im Laufe der Zeit ihren eigenen Galgenhumor entwickelt. Dieser war vor allem dann vonnöten, wenn sie eine besonders grausige Leiche abholen mussten. Bei alleinstehenden Sozialfällen kam es vor, dass jemand wochenlang in seiner Wohnung verweste, ehe die Sauerei entdeckt und die Bestattung verständigt wurde. Dann stank die ganze Wohnung, und die Leichen begannen zu rinnen. Giftige Leichenflüssigkeit trat dann aus allen Körperöffnungen. Wenn Noah und Peter versuchten, eine derart verweste Leiche auf die Bahre zu heben, hatten sie schnell einen abgerissenen Arm oder ein verfaultes Bein in der Hand. In seinen ersten Berufsjahren spie Noah dann meist sein letztes Essen neben die Leiche. Dies hatte er sich inzwischen abgewöhnt, aber angenehm waren die „Sozialleichen", wie er sie nannte, nach wie vor nicht. Einmal mussten sie zu zweit eine einhundertdreißig-Kilo-Leiche durchs Stiegenhaus tragen. Fast wäre diese von der Bahre gefallen. Noah, der vorausging, musste sich gegen die Leiche stemmen, deren Beine um seinen Hals rutschten, als wollte sie Huckepack getragen werden. Ein anderes Mal, bei einer zweihundert Kilo Leiche, probierten sie es gar nicht erst zu zweit, sondern verständigten gleich die Feuerwehr. Vier Feuerwehrmänner unterhoben den Fettkloß mit einer Plane und trugen ihn so aus dem Haus.

Noah und Peter waren also einiges gewöhnt und erwarteten einen normalen Tag. Sie fuhren zur internen Station des Landeskrankenhauses und wunderten sich, warum man sie überhaupt benötigte, denn normalerweise kümmerten sich dort die Krankenhausträger um alles. Als sie das Schwergewicht auf dem Krankenbett sahen, war ihnen allerdings klar, warum die Träger die Finger von ihm gelassen hatten.

„Der gehört in die Pathologie", sprach die Stationsschwester schnippisch und verschwand aus dem Zimmer. Peter stemmte die Leiche hoch, während Noah zwei Leinentücher unter sie schob. Dann hoben sie diese schwer keuchend auf die eiserne Bahre. Sie versuchten, den Deckel auf die Bahre zu legen, aber dies erwies sich bei der ungeheuren Körpermasse als unmöglich. Der Deckel ging einfach nicht zu. So fuhren sie die Leiche offen durchs Krankenhaus. Eine junge Schwesternschülerin kam ihnen entgegen und fragte entgeistert, was sie da täten. „Ach, wir liefern nur für die Pathologie." Die Schwester war blitzschnell verschwunden.

Schweißgebadet kamen sie in der Pathologie an, wo Professor Wurmser gerade eine Schädeldecke aufsägte. „Einen Moment, meine Herren, ich bin gleich bei Ihnen. Ich muss nur noch schnell dieses Gehirn entnehmen." Das tat er denn auch, und die beiden Bestatter sahen interessiert zu, wie er die gräuliche, weiche Masse aus der Hirnschale löste.

„Ein Moment dauert bei Professor Wurmser meist etwas länger", grinste Peter und setzte sich auf eine der bereitstehenden Bahren. „Zeit für eine Pause. Magst auch eine Leberkässemmel?"

Noah und Peter kauten genüsslich an der mitgebrachten Jause, während Professor Wurmser den Bauchraum der bereits enthirnten Leiche öffnete. Sie waren mit sich und der Welt zufrieden. Sie hatten den besten Job, den man sich vorstellen kann. Ihre Kunden waren brav und beschwerten sich nie. Man konnte mit ihnen machen, was man wollte. Es gab keine Hektik, man war unkündbar und lernte ständig dazu, dachte Noah, während er die Fontäne bestaunte, die aus der Lunge der Leiche in Professor Wurmsers Gesicht spritzte.

13.

Der Friedhof des Klosters St. Peter zählt zu den schönsten der Welt und auch zu den ältesten. Seit der Gründung des Klosters im Jahre 696 liegt er eingebettet zwischen der Klosterkirche, der alten Stiftsmühle und der steilen Wand des Mönchsbergs. Die Besucher hören in ihrer Andacht das Rauschen des vorbeifließenden Almkanals, der Salzburg seit dem Mittelalter mit frischem Quellwasser versorgt. Alte Grabplatten sind in die Kirchenmauer eingelassen, schmiedeeiserne Kreuze heben sich vom frischen Grün des gepflegten Friedhofs ab, der eher einem Garten als einer Begräbnisstätte gleicht. Auf der Mönchsbergwand oberhalb des Friedhofs kann man einige Fenster erkennen, hinter denen sich spätrömische Katakomben verbergen.

Bruder Ambros liebte den Friedhof und hatte sich gerne vom Abt des Klosters dazu einteilen lassen, hier alles zu pflegen. Er schnitt das Gras, polierte die Kreuze und Platten und betrachtete am Schluss sein Werk in einer meditativen Andacht, wie sie nur Mönchen zu Eigen ist. Es war Mai, und der Friedhof duftete nach Blumen.

An jenem Tag im Mai war ihm etwas Ungewöhnliches aufgefallen. Von der Bergwand war ein kleines Stück abgebrochen, und aus der neuen Lücke im Berg glitzerte etwas verheißungsvoll. Ambros' Neugier war groß, weil das Loch direkt unter den römischen Katakomben lag, die vor Jahrhunderten durch einen

Bergsturz entdeckt worden waren. Vielleicht lagen hinter dieser Stelle unentdeckte römische Gräber, und dann gab es Grabbeigaben zu entdecken, Schätze, Altertümer. Leider durfte er nichts auf eigene Faust unternehmen, und so hatte er telefonisch die Friedhofsverwaltung verständigt. Die versprach, einen Bestatter vorbeizuschicken. Auf den musste er warten.

Warten ist aber langweilig. Der Gegenstand in der Wand funkelte verführerisch. Er könnte doch einen Blick darauf werfen. Wenn er auf das Grabkreuz darunter kletterte, käme er näher ran. Da er noch ein junger Mönch war, war es ihm ein Leichtes, auf das Kreuz hinaufzugelangen. Er verwendete den senkrechten Teil als Kletterstange und zog sich mit den Armen hoch, bis sein linker Fuß die Querstange erreichte. Den rechten Fuß auf die Querstange nachgezogen und sich mit beiden Händen an der Kreuzspitze hochgestemmt, schon stand Ambros auf dem Kreuz. Er balancierte sich mit der linken Hand auf der Kreuzspitze aus, während er mit der rechten nach der Lücke im Felsen griff. Sein Gesicht hellte sich auf, als er sah, was drin war.

Da traf ihn ein Schlag so heftig auf den Kopf, dass er bewusstlos zusammensackte. Das Letzte, was er spürte, war ein entsetzlicher Schmerz zwischen den Beinen. Dann fiel er ins Koma.

14.

„Also was haben wir? Zwei Leichen, keine Tatwaffen, kein Motiv, keine Indizien, keine Mörder. Das ist bei Gott nicht viel. Zeit, dass wir uns auf unsere Hintern setzen und das Hirn ein wenig anstrengen."

Richer bellte seine Analyse heraus wie ein bissiger Kettenhund. Er und Siler hatten sich in ihr Büro eingesperrt, um in der Aufklärung der Mordfälle endlich weiterzukommen. Das war dringend notwendig, denn eigentlich standen sie ganz am Anfang.

„Haben wir wenigstens Fingerabdrücke? Nein? Hätte ich mir denken können. Natürlich haben die Mörder Handschuhe verwendet. Dann wissen wir, dass sie keine Anfänger waren. Haben wir irgendwelche Indizien, die uns weiterbringen? Siler, denken Sie mal nach, haben wir irgendetwas übersehen? Habt ihr in Linz schon einmal so einen Fall gehabt?"

Richers Überheblichkeit war dahingeschmolzen. Fast flehentlich blickte er Siler an, als bräuchte er dringend dessen Rat. Eine völlig neue Situation, die Siler durchaus gefiel. Er war aber genauso rat- und planlos wie sein Kollege. „Wir wissen ja noch nicht einmal, ob es sich in den beiden Fällen um Morde handelt. Ich komme gerade von Oberst Schmalzl, der bezweifelt das. Als ich ihm von dem toten Pfleger berichtete, hat er mich genauso niedergemacht wie bei Dr. Ralmer. Auf den Karajanplatz springen nun mal Selbstmörder, meint er. Alte Frauen hätten schon öfter Schatten gesehen, weil sie schlicht und einfach gar nichts mehr sehen. Wenn wir ihm nicht bald Beweise vorlegen, schließt er die Akten."

„Machen Sie sich nichts draus, Siler, der Alte ist immer so." Richers Ton wurde fast freundschaftlich. „Er muss ständig beweisen, dass er die kriminalistische Weisheit mit Löffeln gefressen hat. Im Laufe der Zeit hat er uns alle der Reihe nach abgekanzelt wie Schulbuben. Jetzt sind halt Sie dran, aber das dürfen Sie nicht persönlich nehmen."

Die Angelegenheit hatte den Vorteil, dass Siler von seinem Kollegen nicht mehr wie ein Unmensch behandelt wurde. Auch wenn es damit zusammenhing, dass Richer den Fall nicht allein lösen konnte, es war fein, nicht mehr der Underdog zu sein. Fast fand Siler seinen Kollegen schon sympathisch. „Ich schlage vor, wir lassen das dämliche Sie langsam weg. Ich heiße Bodo."

„Einverstanden, Bodo, ich bin der Stefan. Wenn wir diese dämlichen Fälle lösen, werden wir noch richtige Partner.“

„Fänd ich ganz in Ordnung, Stefan.“

„Okay, fangen wir noch mal mit den Motiven an, Bodo. Du hattest doch eine passable Idee.“

„Im Grunde ist meine These einfach. Die Toten haben beide in der Landesnervenklinik gearbeitet. Bei Ralmer ist das zwar eine Weile her, aber er und der Pfleger kannten sich. Der Mörder tötete wahrscheinlich beide aus demselben Grund: Ralmer und der Pfleger haben in der Vergangenheit etwas getan, was jemanden gewaltig ärgerte.“

„Na ja, die Auswahl an Verrückten, die ausgerastet sein könnten, ist nicht zu verachten. Wir brauchen Jahre, bis wir die alle durchhaben.“

„Wir müssen unsere Verdächtigen eingrenzen. Schizophrene bringen normalerweise ihre Ärzte nicht um. Außerdem sind sie durch Neuroleptika so gedämpft, dass sie gar nicht zu einem Amoklauf fähig sind. Da muss schon etwas Ärgeres geschehen sein.“

„Dann sollten wir die Vergangenheit der beiden Toten unter die Lupe nehmen. Du knöpfst dir Ralmers Lebenslauf vor, ich kümmere mich um den Pfleger. Wenn wir auf Gemeinsamkeiten stoßen, die über die Nervenklinik hinausgehen, dann haben wir unser Motiv.“

Das Telefon klingelte. Als Siler den Hörer abhob, wurde seine Miene sorgenvoll.

„Verdammt, wir haben schon wieder eine Leiche.“

15.

Als Noah den St.-Peter-Friedhof betrat, freute er sich auf ein nettes Gespräch mit Bruder Ambros, mit dem er immer wieder zu tun hatte, wenn ihn die Friedhofsverwaltung ins Kloster schickte. Was oft vorkam, wenn deren Angestellte gerade alle beschäftigt waren. Ambros war ein liebenswürdiger Mensch, gebildet aber nicht überheblich, wusste viel über die Geschichte der Stadt und des Klosters. So lernte Noah bei jeder ihrer Begegnungen etwas dazu. Es war ein strahlender Frühlingstag, und herrliches Licht fiel zwischen den Klostermauern auf die Gräber. Noah ging am Grab der Familie Klammer vorbei und nahm sich vor, Ambros über diese alte Salzburger Kaufmannsfamilie auszufragen.

Als er von dem Grab aufblickte, bot sich ihm ein schrecklicher Anblick. Ambros war auf dem Kreuz vor der Bergwand aufgespießt, die Spitze des Kreuzes hatte ihn gepfählt und war vom Schritt zwischen den Beinen bis in die Gegend des Herzens eingedrungen. Ambros schien auf dem Querbalken des Kreuzes zu sitzen, seine Kutte flatterte im Wind. Blut rann den Stamm des Kreuzes herab und verteilte sich auf dem Grab darunter. Auch von seinem herabhängenden Kopf floss Blut und tropfte auf die Rosen, die auf dem Grab wuchsen. Das Rot der Rosen war von der Farbe des Blutes kaum zu unterscheiden, und so sah das Ganze aus, als hätte ein Expressionist ein makabres Gemälde des Todes angefertigt.

In der Hoffnung, dass er Ambros vielleicht noch retten könnte, packte Noah ihn an den Hüften und stemmte ihn hoch, um ihn vom Kreuz herunterzuheben. Das ging fast über seine Kräfte, aber vom vielen Sargtragen waren seine Arme stark und muskulös. Es gluckste in den zerrissenen Eingeweiden des Mönchs, als er ihn nach einigem Schieben und Zerren in die Höhe heben und auf die Wiese legen konnte.

Der Schmerz im Bauch weckte Ambros noch einmal aus seiner Ohnmacht auf. Er öffnete die Augen und versuchte zu sprechen. Noah kam ganz nahe an ihn heran, um die schwache, sterbende Stimme zu verstehen.

„Schlag ... Schlag auf den Kopf ...“, flüsterte Ambros, dann fiel sein Kopf zur Seite.

Als Noah erkannte, dass der Mönch tot war, stand er wie angewurzelt, als hätte ihn der Schreck zu Stein erstarren lassen.

Als Siler und Richer am Tatort eintrafen, lag der Mönch mit blutverschmierter Kutte auf dem Boden, und vor ihm stand der versteinerte Noah, auf dessen schwarzer Bestatteruniform das frische Blut des Toten hellrot leuchtete.

„Diesmal haben wir jedenfalls einen Täter“, freute sich Siler und packte die Handschellen aus.

Als er sie Noah anlegen wollte, erwachte dieser aus seiner Lähmung und begann wild herumzufuchteln, um den Tathergang zu erklären. „Der Tote hat einen Schlag auf den Kopf bekommen, das konnte er mir noch erzählen. Dann hat ihn der Mörder auf dem Kreuz aufgespießt. Schauen Sie, da drüben der blutige Stein, mit dem hat man Ambros den Schädel eingeschlagen.“

Vielleicht doch kein Täter, aber wenigstens haben wir diesmal eine Tatwaffe, dachte Siler mit gemischten Gefühlen und betrachtete den Stein. Es war ein Felsbrocken, den man aus der Bergwand gelöst hatte – oder hatte er sich von selbst gelöst? Siler hatte das unbestimmte Gefühl, man würde auch auf diesem Brocken keine Fingerabdrücke finden. Aber es klebte eindeutig das frische Blut des Verstorbenen daran.

Richer suchte den Tatort nach Indizien ab. Als sein Blick nach oben zu den Katakomben in der Felswand schweifte, sah er in einer Fensteröffnung ein gelbes Grasbüschel. „Gelbes Gras in einem Katakombenfenster?“ wunderte er sich, dann hörte er ein seltsames Lachen. Das Grasbüschel hob sich und entpuppte sich als blonde Stehfrisur. Darunter kam ein grinsendes Gesicht zum Vorschein.

„Na, den kaufen wir uns“, fluchte Richer und rannte zum Eingang der Katakomben, dessen Holztür offen stand. Mit großen Schritten hastete er die Steintreppe hinauf, die zu den Grabhöhlen eine Etage höher führte. Wieder kam Siler ihm kaum nach und begann, den Mönchsberg ob seiner selbstmörderischen Treppen zu hassen.

Diesmal war es nicht schwer, den Verdächtigen zu fassen, denn es gab nur einen einzigen Zugang und damit auch keinen Fluchtweg.

Der seltsame Blonde hatte sich in einer Grabhöhle verkrochen: „Nit tun, nit tun, nit, nit", jammerte er mit der Stimme eines verängstigten Kindes vor sich hin.

„Das ist ja ein seltsamer Vogel, der ist wohl nicht ganz bei Sinnen." Der Blonde hatte zwar den Körper eines dreißigjährigen Mannes, sein Gehirn war aber auf dem Stand eines Dreijährigen stehengeblieben.

„Maxi Steine sucht, viele Steine, große Steine. Maxi finden Steine in Berg."

„Aha, du bist also der Maxi. Hat Maxi Steine hinuntergeschmissen?"

„Nix Steine runterschmeißen. Steine schmeißen sehr gefährlich. Mami dann immer schimpft, weil kann man treffen Mann auf Kopf. Darf nit, darf nit."

„Kann man treffen Mann auf Kopf. Bei aller Dummheit trifft der Debile genau den Punkt und wohl auch die Schädeldecke." Richer wurde wütend. „Maxi hat getroffen Mann auf Kopf. Maxi sehr böse, sehr sehr böse."

„Maxi nit bös, nit bös, Maxi nix getan, nur suchen Steine in Höhle." Das erwachsene Kind brach in heftiges Schluchzen aus.

Der Behinderte tat Siler zwar leid, aber er wollte endlich seine Handschellen zum Klicken bringen. Er benötigte seine ganze Kraft, um den sich sträubenden Maxi die Katakombentreppe hinunterzuschleifen.

16.

Siler und Richer brauchten eine Verschnaufpause. Stundenlang hatten sie die beiden Verdächtigen verhört. Siler hatte sich Maxi vorgenommen, Richer den immer noch blutverschmierten Bestatter bearbeitet. Als die beiden Polizisten ihren Automatenkaffee schlürften, hörten sie Maxi im Verhörraum kreischen. „Nix getan, nix getan, Maxi unschuldig!"

„Gott, kann der Kretin nicht endlich mit der Jammerei aufhören, der macht mich noch wahnsinnig. Dann kannst du mich auch in die Nervenklinik einliefern." Richer war sichtlich genervt.

„Wenn er sich aber nun mal unschuldig fühlt? Geistig Behinderte können ihre Empfindungen nicht verbergen und sich auch nicht verstellen. Maxi sieht mir überhaupt nicht wie ein aggressiver Mörder aus. Bestenfalls ist ihm der Stein unabsichtlich hinuntergefallen und hat den armen Mönch getroffen, ohne dass Maxi das wollte."

„Aber der Mönch wurde nun mal von diesem verdammten Stein erschlagen, und der gute Maxi befand sich genau über ihm."

„Schon, aber wer hat dann den Mönch auf das Kreuz gehievt und ihn gepfählt?" erwiderte Siler skeptisch.

„Das wird wohl der gute Bestatter gewesen sein. Der hat ja den Toten in den Armen gehalten und gibt dies auch noch zu. Raufgehoben, runtergehoben – ist doch alles das Gleiche."

„Du glaubst allen Ernstes, dass ein Mönch einem Komplott eines Bestatters und eines Behinderten zum Opfer gefallen ist? Zwar könnte der Bestatter sich so etwas ausdenken, aber Maxi wäre niemals in der Lage, einen solchen Plan zu begreifen, geschweige denn ihn auszuführen. Keine wirklich schöne Theorie."

„Zugegeben, ich traue Maxi ja auch keinen Mord zu", gestand Richer ein.

„Das Ganze hat einen weiteren Schönheitsfehler. Zwar haben wir diesmal eine Tatwaffe in der Form eines großen Steines, aber darauf befinden sich keine Fingerabdrücke, weder von Maxi noch vom Bestatter."

„Ja, ja, ich kann Schmalzl schon donnern hören: ‚Sie konstruieren aus einem zufälligen Steinschlag, der am Mönchsberg ständig vorkommt, einen obskuren Behindertenmord. Das leg ich dem Staatsanwalt auf keinen Fall vor. Zeigen Sie mir endlich Beweise.'" Richer machte eine hochnäsige Grimasse, um seinen Vorgesetzten nachzuäffen.

Die beiden Kommissare runzelten die Stirn. Kurze Zeit später wurde ein Psychiater mit zwei Pflegern in den Raum geführt.

„Ich habe gehört, Sie haben unseren Maxi gefunden. Ja? Gott sei Dank, es ist höchste Zeit, dass wir ihn zurück in die Klinik bringen. Er entwischt uns nun mal gerne. Er sieht zwar nicht so aus, aber im Fassadenklettern ist er sehr geschickt."

„Moment mal, das ist ein Tatverdächtiger, und den bringen sie nirgends hin. Der bleibt schön in unserem Verhörraum, bis wir alles aus ihm herausgequetscht haben."

„Sie wissen genau, dass Sie ihn ohne richterlichen Beschluss nicht länger als vierundzwanzig Stunden festhalten können. Wollen Sie das wirklich? Maxi ist eine sehr seltene Kombination aus Debilität und paranoider Schizophrenie, völlig unberechenbar, fremd- und selbstgefährdend. Glauben Sie mir, Maxi ist in der geschlossenen Abteilung der Psychiatrie sehr viel besser aufgehoben als in Ihrem Verhörraum, und davonlaufen wird er Ihnen dort auch nicht."

„Sie haben uns über Ihren notorischen Streuner gerade etwas ganz anderes erzählt", lachte Richer. Er musste zugeben, dass er den seltsamen Wahnsinnigen nur zu gerne wieder los wurde.

Eine weitere Stunde seines Gekreisches hätte sein Trommelfell zum Platzen gebracht.

Als der Psychiatrietrupp samt Maxi gegangen war, sinnierte Siler: „Jetzt haben wir es zum dritten Mal mit der Landesnervenklinik zu tun. Dort werden wir das Motiv für die Morde finden."

„Jetzt greifst du aber zu kurz, Bodo. Das gilt doch nur für den Fall, dass Maxi überhaupt der Mörder ist, was ich bezweifle. Was aber haben ein Benediktinermönch, ein Pfleger und ein Psychiater gemeinsam, wenn man nicht der Meinung ist, man müsse verrückt sein, um einen dieser drei Lebenswege einzuschlagen?"

„Vielleicht gibt es im Keller der Nervenklinik Leichen, die der Entdeckung harren."

„Du meinst, die entsorgen ihre Schizophrenen, indem sie diese im Keller vergraben?"

„Es gab mal eine Zeit, da taten sie genau das."

„Das meinst du nicht ernst?"

„War nur Spaß. Aber schau mal, was meine Recherchen ergeben haben." Siler deutete auf seinen Computerbildschirm.

17.

Die Amadeus ist der Stolz der Salzburger Schifffahrt. Majestätisch liegt sie auf ihrem Pier neben dem Makartsteg, stets bereit, neugierige Touristen zu einer Salzachrundfahrt mitzunehmen. An schönen Tagen bilden sich lange Schlangen von Menschen, die Salzburg vom Wasser aus besichtigen wollen.

Genaugenommen ist sie das einzige Schiff, das die Salzach befährt seit den Tagen, als das Salzflößen eingestellt wurde. In früheren Jahrhunderten hatten Dutzende Plätten das Salz aus den Bergen flussabwärts nach Deutschland und Böhmen transportiert und Salzburg damit reich gemacht. Im 19. Jahrhundert, nach der Errichtung der Kaiserin-Elisabeth-Eisenbahn, war es damit vorbei. Die Salzsäcke wurden auf Eisenbahnwaggons geladen, und die Salzachschiffer waren brotlos.

Schließlich fasste sich ein mutiger Kapitän ein Herz und ließ die Amadeus bauen, um damit statt Säcken Touristen die Salzach auf und ab zu transportieren. Böse Salzburger Zungen behaupten, das mache wenig Unterschied, denn um „Säcke" handele es sich beim einen wie beim anderen. Viele Einheimische sind ausländerfeindlich, zeigen dies aber aufgrund ihrer Geldgier nicht offen. Sie betrachten die Touristen als Melkkühe, die man erst verjagen darf, wenn sie ihren Obolus entrichtet haben.

Wie auch immer, an jedem Sommertag stampft die Amadeus tapfer gegen den Strom in Richtung Hellbrunn, wo sie ihre menschliche Fracht ausspeit, damit diese dem Schabernack eines alten Erzbischofs folgend in den Hellbrunner Wasserspielen durchnässt wird, wenn sie schon an Bord trocken geblieben ist. Sie trotzt dabei den jährlichen Hochwassern, die der Salzburger Schnürlregen bedrohlich anschwellen lässt. Einmal hat eines dieser Hochwasser sie fast zum Absaufen gebracht. Das tapfere kleine Schiff tanzt sogar Walzer auf dem Wasser, wenn der übermütige Kapitän es im Kreis dreht.

Am 10. Mai 1992 hatte es die Amadeus schwer. Es herrschte Hochwasser, und der Kapitän musste aufpassen, dass er nicht mit einem der entwurzelten Holzstämme kollidierte, die vom Strom flussabwärts getrieben wurden. Trotz aller Vorsicht hörte er etwas gegen den Bug donnern und ärgerte sich, dass er an diesem Tag überhaupt ausgelaufen war. Als er noch überlegte, ob dem Schiff etwas passiert sein könnte, hörte er entsetzte Schreie der Menschen am Ufer. Einige deuteten aufgeregt auf den Bug des Schiffes.

Er übergab seinem Matrosen das Steuer und lief nach vorn. Es schwante ihm Übles, als er eine weiße Hand sah, die sich im

Tau verfangen hatte, mit welchem die Amadeus beim Anlegen am Pier befestigt wird. Der Matrose hatte offensichtlich das Seil nicht ordnungsgemäß auf dem Schiff vertäut, und es war ins Wasser gerutscht. Der Kapitän blickte über die Reling und sah den Körper einer Frau, weiß und aufgedunsen. Sie musste seit Tagen im Wasser getrieben haben. Vom Haltetau umschlungen und darin verheddert war sie von der Strömung auf den Bug geschoben worden – weithin sichtbar, wie eine Galionsfigur aus alter Zeit.

18.

Das Inferno hatte begonnen, so wie Faissauer es herbeigesehnt und herbeigebetet hatte. Die Sache lief gut für sein irdisches Armageddon. Lots Frau war zur Salzsäule erstarrt, weil sie dem Herrn nicht hatte glauben wollen. Auch Salzburg würde bald vor Schreck erstarren, weil es geglaubt hatte, Gott sei ein alter Mann mit Bart, ohne Macht und Einfluss. Wie hatten sich jene getäuscht, die glaubten, man müsse Gott nicht ernst nehmen. Sie hatten weder mit seinem heiligen Zorn gerechnet, noch mit dem Groll seines irdischen Dieners, der sich anschickte, die Stadt zu übernehmen. Bald würde er bestimmen, wer in dieser Stadt was zu glauben hatte. Er würde den Salzburgern Mores lehren.

Das Begräbnis des alten Nervenklinikpflegers war dafür eine ausgezeichnete Gelegenheit. Hunderte waren gekommen, die Klinikleitung, die Ärzte, die Mitpfleger, die Patienten. Die Nervenklinik war wie eine Stadt in der Stadt, hier hielten alle eng zusammen. Dieser Zusammenhalt war eine soziale Schutzmauer, damit nicht einer nach dem anderen in den Abgrund des Wahnsinns taumelte, an dessen Rand sie alle tanzten.

Entsprechend bunt sah die Trauergesellschaft aus. Die stolzen Primarien in ihrer Überheblichkeit. Die Stationsärzte in weißen Kitteln. Die Pfleger in schwarzen Anzügen. Die Patienten mit einer Fülle von Grimassen, die von ihren Visionen Zeugnis gaben.

Die Vielfalt seiner Zuhörerschaft ließ Faissauer zur Höchstform auflaufen.

„Memento mori. Bedenke, dass du sterblich bist. Das schrieben die alten Römer über ihre Hausaltäre. Es sollte täglich daran erinnern, dass die Zeit auf Erden eine begrenzte ist und man schon am nächsten Tag vor seinem himmlischen Richter stehen könnte. Als unser Mitbruder Wolfgang Leitser nach getaner Arbeit zufrieden über den Mönchsberg spazierte, dachte er sicher nicht daran, dass ihn nur ein Schritt vom Ende seines Lebens trennte. Er liebte die Arbeit an seinen Patienten so sehr, dass er nicht einmal an seine Pension dachte, die er längst hätte antreten können. Irgendetwas oder irgendjemand führte dieses Ende dann herbei, und Leitser fiel über eine steile Wand. Sein Ende kam sekundenschnell."

Faissauer machte eine lange Pause. „Steht nicht für jeden von uns eine Felswand bereit, die darauf wartet, uns die Sicherheit zu nehmen, die das irdische Leben bietet? Sie, die Sie mir jetzt zuhören, glauben vielleicht, Sie hätten sich auf alles vorbereitet, alle Versicherungen abgeschlossen und für ein langes, reiches Leben vorgesorgt. Und dann, ein falscher Schritt, ein kleiner Schlag des Schicksals, ein kleiner Stoß von mörderischer Hand, und alle Pracht und Herrlichkeit ist dahin. Unser Bruder ist gefallen. Vielleicht ist er jetzt ein Engel, der voll der Gnade auf uns herabblickt."

Wieder machte Faissauer eine bedeutsame Pause. „Wir alle aber sind gefallene Engel, gefallen von der Tafel des Herrn in die Tiefen der Sünde, der Gier, des Neids und der Wollust. Wir alle werden für unsere Taten bezahlen, für die guten wie die schlechten. Wacht auf, meine Brüder, erkennt eure Fehler, seht die Zeichen an der Wand. Die Morde der letzten Tage sind kein

Zufall. Sie sind eine Mahnung Gottes, dass wir alle bald gewogen und für zu leicht befunden werden für das himmlische Paradies, wenn uns nicht die Liebe in unseren Herzen wichtiger ist als das Geld in unserem Beutel. Amen."

Diesmal rührte sich nach Faissauers Predigt niemand. Alle Augen blickten zu Boden. Auf dem Friedhof herrschte Stille wie in einem Grab.

Siler, der sich unter die Menge gemischt hatte, kam ein befremdlicher Gedanke: Alleine um solch pathetischer Wirkung willen konnte ein religiöser Fanatiker zum Mörder werden. Bekehrungswütigen Katholiken war schon immer jedes Mittel recht gewesen, um ihren Glauben zu verbreiten. Ich werde dich noch katholisch machen, war eine stehende Wendung, die von der Missionierung bis zur Tötung Andersgläubiger alles einschloss.

Vielleicht sollte er auch das Umfeld des guten Priesters einer genaueren Prüfung unterziehen?

19.

„Haben wir schon das Ergebnis der Obduktion?" Richer war ungeduldig, denn die letzten Tage hatten jede Menge Stress gebracht. Vier Leichen, viele Fragen und bis dato keinerlei Antworten.

„Die Frau ist ertrunken, muss in der Gegend von Zell am See gewesen sein. Das hat der Gerichtsmediziner aus dem Vergleich zwischen der Fließgeschwindigkeit der Salzach und dem Verwesungszustand der Leiche errechnet. Natürlich gibt es da einen Unsicherheitsfaktor von circa einhundert Kilometern, denn die Leiche könnte an einem Kraftwerk hängengeblieben oder sofort abgetrieben sein, das kann man nicht so genau sagen."

„Gott, um Zell am See können wir uns nicht auch noch kümmern", stöhnte Richer. „Hast du die Kollegen der dortigen Gendarmerie verständigt?"

„Ja, sie haben immerhin einen Verdacht, um wen es sich handeln könnte. In Uttendorf im Pinzgau ist seit sechs Tagen eine verheiratete Frau verschwunden. Die Nachbarn berichten, es habe schon seit längerem Streit zwischen der Frau und ihrem Mann gegeben. Dieser habe sie immer wieder verprügelt. Die Nachbarn vermuten, dass er seine Frau im Zorn ertränkt hat. Der Ehemann schwört aber Stein und Bein, er habe seiner Frau nichts getan und wisse nicht, wann und wie sie verschwunden ist."

„Na ja, das sagen die schlagenden Ehemänner meist. Wissen wir schon, ob es sich wirklich um diese Frau handelt?"

„Gerichtsmediziner Rutschgauer vergleicht gerade das Gebiss der Frau mit den Aufzeichnungen des zuständigen Zahnarztes. Ich kann ihn anrufen, ob er schon ein Ergebnis hat." Siler ging ans Telefon und wählte die Nummer der Gerichtsmedizin.

„Ja, Herr Doktor, ich habe verstanden. Ja, das finde ich auch seltsam."

„Gibt's was Neues?"

„Ja und nein. Einerseits ist die Identität der Toten bestätigt, es ist Frau Köster aus Uttendorf. Andererseits hat Rutschgauer noch etwas herausgefunden. Die Tote ist zwar ertrunken, war aber schon benommen, als sie ins Wasser fiel. Sie hatte ziemlich viel Rohypnol im Blut."

„Sie hat Schlafmittel genommen?"

„Ja, oder es wurde ihr eingeflößt. Das Schlafmittel hat sie zwar nicht umgebracht, die Kombination von eiskaltem Salzachwasser und Benommenheit aber schon."

„Also könnte es Selbstmord oder Mord gewesen sein?"

„Ja, so könnte man sagen. Einen Unfall kann man aber auch nicht ausschließen", gab Siler zu bedenken.

„Verdammt, langsam reichen mir diese zweideutigen Fälle. Jetzt haben wir bereits vier Leichen, bei denen wir nicht mit Bestimmtheit sagen können, ob es sich um Morde, Selbstmorde oder Zufälle handelt."

„Nun, so ist es auch wieder nicht. Du vergisst, was ich bei meinen Recherchen herausgefunden habe."

„Ach ja, zeig mir noch mal, was du im Computer hast."

Die beiden Männer beugten sich über den Bildschirm. Siler erläuterte seine These anhand der dort gespeicherten Daten.

„Ursprünglich ging ich von einem Racheakt eines Patienten an Dr. Ralmer aus. Dieser hatte sich ja mehr als unbeliebt gemacht. Auch der Tod des Pflegers deutete auf einen Täter aus der Nervenklinik hin. Bruder Ambros passt allerdings nicht in dieses Bild, auch wenn unser kleiner Maxi erneut eine Verbindung zur Klinik darstellt. Aber Maxi konnte die Tat kaum allein begangen haben, er muss Komplizen gehabt haben, die ihn anstifteten und ihm halfen. So begann ich unter Maxis Klinikgenossen auf der Geschlossenen zu suchen. Noch etwas fiel mir auf: Die Getreidegasse mit Mozarts Geburtshaus, der Karajanplatz mit dem Festspielhaus, St. Peter, die Amadeus – der oder die Täter platzieren ihre Leichen plakativ auf Salzburger Sehenswürdigkeiten, so als wollten sie uns damit eine Botschaft vermitteln. Es scheint fast, als hätte der Täter etwas gegen den Salzburger Tourismus, gegen Geschäftemacherei, gegen die schöne, aber verzopfte Fassadengesellschaft dieser Stadt. Vielleicht geht es gar nicht um die ermordeten Menschen, sondern um die Orte und ihre Symbolik: Mozarts Musik als kreativer Höhepunkt der klassischen Kultur, Herbert von Karajan als Herrscher über die Festspiele, St. Peter als erstes spirituelles Zentrum Österreichs, die Salzach als Quelle des Reichtums durch den Salztransport. Ich habe versucht, mich in die Seele des Täters hineinzuversetzen. Da fiel mir unter Maxis Mitpatienten ein Herr Gerser auf. Wusstest du, dass in Salzburg die erste

Ökologiebewegung des deutschen Sprachraums entstand? Einige Außenseiter, ein Schauspieler, ein Versicherungsagent und eben dieser Gerser protestierten gegen die zunehmende Verbauung der Stadt, erzwangen den Schutz der bestehenden Grünflächen und die Rückwidmung von Bauland in Grünland. Das ließen sich die Mächtigen der Stadt, die an den Bauten gut verdient hatten, natürlich nicht gefallen. Sie legten den Protestierern Steine in den Weg, einige Mitläufer wurden arbeitslos, und Gersers Eisenwarengeschäft bekam so viele Auflagen von der Gewerbeaufsicht, dass er zusperren musste. Das dürfte ihm das Genick gebrochen haben, denn kurze Zeit später hatte er seinen ersten schizophrenen Schub. Seitdem landet er in regelmäßigen Abständen auf der Geschlossenen und baut sein paranoides Wahnsystem immer weiter aus."

„Was erzählt er für verrückte Geschichten?"

„Er fühlt sich von allen verfolgt, die in Salzburg etwas zu sagen haben. Sein Wahn hat einen wahren Kern, denn man hat ihm ja tatsächlich übel mitgespielt. Inzwischen vermutet er aber hinter jeder Bautätigkeit eine Verschwörung gegen die Menschheit. Eine Zeitlang konnte kein Altstadthaus saniert werden, ohne dass Gerser wütende Leserbriefe an die Salzburger Nachrichten schrieb, in denen er die Entkernung der alten Bausubstanz mit der Aushöhlung der Gesellschaft gleichsetzte. Salzburg sei ein Potemkinsches Dorf, eine wunderschöne Fassade, hinter der schreckliche Vorgänge stattfänden. Er schlug allen Ernstes vor, Salzburg dreißig Kilometer nördlich als Kulissenstadt ein zweites Mal zu errichten. Die amerikanischen Touristen hätten dann ihr „Mozartland", analog zum Disneyland. Sie würden den Unterschied nicht merken, und Salzburg könnte wieder den Salzburgern gehören, könnte frei atmen und zum Leben zurückfinden. Er hatte konkrete Pläne, sein Mozartland in Oberndorf zu errichten, der Geburtsstätte von „Stille Nacht, Heilige Nacht". Das österreichische Disneyland hätte dann zum „Silent Night

Mozartland" kombiniert werden können. Er war von seiner Idee so begeistert, dass er zur Paranoia noch eine ordentliche Manie entwickelte."

„So verrückt kommt mir der Mann gar nicht vor. Sein Mozartland wäre ein tolles Geschäft geworden."

„Ja, das siehst du so, aber die Salzburger Honoratioren fanden die Idee gar nicht lustig. Sie bekämpften Gerser, wo immer sie konnten. Sie erklärten ihn so lange für verrückt, bis er wirklich verrückt war. Je mehr Leute Gerser gegen sich aufbrachte, desto wilder wurden seine Verfolgungsideen. Er traute sich nicht mehr auf die Straße, legte sich mit allen Nachbarn an, rastete wegen nichtiger Anlässe aus und wurde zum Dauergast auf der Psychiatrie."

„Aber auf der Geschlossenen konnte Gerser wohl kaum unsere Mordopfer killen."

„Jetzt kommt's. Vor zwei Wochen wurde Gerser entlassen, weil er laut Angaben seiner Ärzte gerade in guter Verfassung ist. Und, das habe ich überprüft, er hat keinerlei Alibi, weil er allein durch die Stadt streunt. Was noch besser ist, man hat ihn sowohl auf dem Mönchsberg als auch in St. Peter herumlungern sehen."

„Na, dann sollten wir uns diesen Herrn Gerser doch einmal vorknöpfen."

20.

Endlich war Noah frei. Nachdem er zwei Tage im Polizeigefängnis verbracht hatte, sahen die Kommissare ein, dass es keinen Sinn machte, ihn länger festzuhalten. Warum hätte er Bruder Ambros töten sollen, gegen den er keinerlei Groll hegte, ja, der ihm ein guter Freund gewesen war? Auch dass der Friedhofsverwalter Noah auf Ambros' Ersuchen hin nach St. Peter geschickt hatte, sprach zu seinen Gunsten. Noah war fürs Erste vom Verdacht befreit, ein Mörder zu sein.

Aber die zwei Tage hatten ihm gereicht. Die Betroffenheit über Ambros' Tod, die Anschuldigungen, die Verhöre, die Angst vor dem Gefängnis – Noah war fertig mit den Nerven.

Das Wetter entsprach seiner Gemütsverfassung. Eine Schlechtwetterfront vom Atlantik hatte sich an den Alpen festgebissen und sorgte in der schönsten Stadt am Alpenrand für ausgiebigen Regen. Schnürlregen, wie die Salzburger sagten, da es aussieht, als würden nicht Tropfen, sondern Wasserschnüre vom Himmel fallen. Noah benutzte zwar einen Schirm, war aber bald von den Oberschenkeln abwärts klatschnass.

Er drängte sich durch die Gassen der Altstadt, denn er wollte zum Residenzplatz. Man hätte glauben können, dass die Touristen sich bei dem schlechten Wetter in die Gasthäuser verziehen würden, aber sie schienen umso zahlreicher in die Innenstadt zu drängen, je mehr ihnen die Lust auf Wandern und Bergsteigen vermiest wurde. Noah musste mit seinem Schirm akrobatische Kunststücke aufführen, um zu verhindern, dass dieser von den unzähligen anderen Schirmen zerfleddert wurde.

Immerhin hatte er einen Auftrag, der ihn auf andere Gedanken brachte. Er sollte sich einem Friedhof zuwenden, von dessen Existenz die Bestatter erst seit einigen Wochen wussten.

Der Residenzplatz liegt mitten in der Altstadt und ist deren prächtigster Platz. An seiner Südseite prangt der große Dom, den man hier der ganzen Länge nach bewundern kann. An seiner Westseite steht die alte Residenz der Fürsterzbischöfe, an der Ostseite die neue Residenz mit dem Turm des Glockenspiels, das jeden Tag um sieben, elf und achtzehn Uhr Melodien von Mozart und Haydn erklingen lässt. An der Nordostecke geht der Residenzplatz in den Mozartplatz über, der von einer überlebensgroßen Mozartstatue beherrscht wird. Diese ist pathetisch und heldenhaft – der sehr kleine Mozart hätte sich wohl in seiner Statue selbst nicht wiedererkannt.

In der Mitte des Residenzplatzes thront der wunderschöne Residenzbrunnen mit vier großen Pferden, deren Hufe Flossen gleichen, mit einem großen unteren und zwei kleineren oberen Becken, gekrönt von einer Wasserfontäne, die an schönen Tagen im Sonnenlicht glitzert, an jenem Tage aber sang- und klanglos im Regen verschwand.

Der riesige Platz wird jedes Jahr zu Brauchtumsfesten genutzt, wo Volkstanzgruppen und Musikkapellen in Massen aufmarschieren und Fackelläufe, Landler und Schuhplattler zum Besten geben. In den Jahren zuvor hatte es auch Konzerte auf dem Platz gegeben. Als Herbert Grönemeyer die Fassaden der Neuen und Alten Residenz mit seiner tausendfach verstärkten Stimme beschallte, musste Noah ein altes Mütterchen abholen, das vor lauter Schreck über den Lärm einen Herzinfarkt bekommen hatte. Es war nicht leicht, mit dem Leichenwagen durch die dicht gedrängten Massen der Fans zu kommen. Da dies lange dauerte, konnte sich Noah das Konzert anhören, ohne ein Ticket dafür zu bezahlen. Als er endlich die Bahre aus dem Leichenwagen ausladen wollte, staunte er nicht schlecht, denn darauf lag ein Jugendlicher, der irgendwie herausbekommen hatte, dass der Leichenwagen den billigsten Eintritt zum teuren Open-Air-Konzert bot. Der Jugendliche erhob sich von der Bahre, grinste Noah fröhlich an und verschwand in der Menge.

Blinde Passagiere haben Leichenwägen selten, und von den Toten steht darin normalerweise auch niemand auf. Aber einmal ist immer das erste Mal.

An jenem Regentag nach dem Gefängnisaufenthalt blickte Noah über den Platz, und dessen Zustand passte zu seiner depressiven Stimmung und zum schlechten Wetter. Anders als sonst war der Boden des Platzes aufgewühlt und von Gräben durchfurcht. Männer mit Hacken und Schaufeln gruben sich in seine Eingeweide. Die Wassermassen formten die Gräben zu Bächen und machten aus dem zerstörten Platz ein Inferno aus Dreck und Schlamm.

„Das kommt dabei heraus, wenn die hehren Stadtväter sich nach langem Überlegen zu einem heroischen Beschluss durchringen", grinste Noah. Irgendein Vizebürgermeister war der Meinung gewesen, der Residenzplatz bedürfe dringend eines neuen Belags. Er kramte alte Stiche hervor, auf denen zweifelsfrei zu sehen war, dass zu Zeiten der Erzbischöfe herrliche Flusssteine in allen Farben den Platz bedeckten. Er forderte daher mit aller Deutlichkeit, man solle den Platz in seinen Urzustand zurückversetzen. Das befand die Stadtregierung für gut und beauftragte ein Architektengremium mit der Planung der Neubepflasterung. Die Architekten dachten lange nach, zeichneten hin und her und demonstrierten schließlich in einer kleinen Ecke des Platzes das Ergebnis ihrer kreativen Tätigkeit: die in Zement eingegossenen Flusssteine sahen aus wie eine riesige Waschbetonplatte. Nach dem Aufschrei der örtlichen Bevölkerung über diese Verschandelung der Stadt zog der Bürgermeister den Auftrag wieder zurück, und alles blieb beim Alten. Vielleicht waren es diese immer wiederkehrenden erfolglosen Veränderungsversuche, die dazu beitrugen, dass Salzburg im Zustand des 18. Jahrhunderts bewahrt worden ist.

Alles blieb beim Alten. Oder vielmehr fast alles. Denn der einmal kundgetane Veränderungswille hatte die Landesarchäologen auf den Plan gerufen, die das Gelände noch rasch erforschen durften, bevor es für ewig in Waschbeton versiegelt würde. Dies erklärte den jämmerlichen Zustand des Platzes, der aussah wie ein Schlachtfeld mit Schützengräben an der Westfront des Ersten Weltkriegs.

Die Archäologen wiederum riefen die Bestatter auf den Plan. Denn über einer Schicht von römischen Patrizierhäusern aus der Zeit des alten Juvavum fanden sie einen mittelalterlichen Friedhof, der offensichtlich ebenso der Bauwut Wolf Dietrichs zum Opfer gefallen war wie die Häuser, deren Fundamente die schönen römischen Wandfresken überdeckt und den Friedhof eingegrenzt hatten. Die Archäologen untersuchten die Skelette lang und breit und hatten schlussendlich keine Verwendung mehr dafür. Daraufhin meldete sich der Dompfarrer zu Wort und befand, dass die in kirchlichem Gelände bestatteten Skelette wieder in geweihter Erde zu liegen kommen müssten. So erhielt Noah den Auftrag, die alten Gebeine in den Kommunalfriedhof zu überführen und im Massengrabhügel zu bestatten.

„Bestatter und Archäologen haben doch einiges gemeinsam", befand er. „Die einen graben die Leichen ein, die anderen buddeln sie wieder aus. Der Kreislauf des Lebens. Oder besser gesagt, der Kreislauf des Todes."

Noah fragte sich zum Grabungsleiter durch, um das Ausmaß seiner Umbettung zu begutachten, bevor Peter mit dem Leichenwagen nachkommen würde. Eine Bahre wäre für die Menge an Knochen ja kaum ausreichend, vielleicht nicht einmal ein Leichenwagen.

„Ich bin Professor Winfred, gut, dass Sie kommen", stellte sich der Grabungsleiter vor. „Wenn Sie die Skelette entsorgt haben, dann können wir endlich die Gruben wieder zuschütten und uns den Dreck von den Kleidern waschen. Hier gibt es nichts mehr zu finden, denn wir haben jeden Stein dreimal umgedreht."

„Ja, das sieht man", lächelte Noah und beäugte den völlig verschmutzten Professor von oben bis unten. Er beglückwünschte sich zum wiederholten Mal zu seinem Beruf. Archäologen und Totengräber gingen zwar ähnlichen Beschäftigungen nach, aber Noahs Arbeit war eindeutig sauberer. In den neunziger Jahren musste sich kein Bestatter mehr in einer Schlammgrube wälzen, mit den neuen Kleinbaggern war ein Grab im Nu ausgehoben. „Wo sind denn nun meine Schutzbefohlenen?"

„Kommen Sie mit, da hinten beim Brunnen hat mein Assistent Falco Langhini die Knochen aufgetürmt. Aber wo steckt der Kerl eigentlich? Ich habe ihm doch gesagt, er soll dort auf Sie warten."

Noah und der Professor fanden zwar den meterhohen Knochenhaufen, von Langhini fehlte aber jede Spur.

„Keine Ahnung, wohin der Drückeberger sich verzogen hat. Das Personal heute, Sie wissen schon. Man muss nehmen, was man kriegt. Tut mir leid, jetzt müssen Sie bei diesem Sauwetter die ganze Arbeit alleine machen. Aber der Regen hat immerhin den Vorteil, dass die Skelette schon vorgewaschen sind und Ihnen Ihr Auto nicht völlig verdrecken."

„Na ja, ein bisschen müsste man noch nachhelfen", entgegnete Noah. Er nahm sich einen der alten Schädel und wollte ihn in das Wasser des nahen Brunnens tauchen. Als er sich über den Brunnen beugte, zuckte er zurück. Vom Boden des Residenzbrunnens starrte ihn das Gesicht eines jungen Mannes mit weit geöffneten Augen und aufgerissenem Mund an.

„Um Gottes willen, Langhini, kommen Sie da raus", schrie der Professor und sprang in den Brunnen, um seinen Assistenten zu retten.

Noah packte den Professor an der Schulter. „Glauben Sie mir, da ist nichts mehr zu machen. Das ist ein Fall für die Polizei."

Ein Geräusch ließ Noah nach oben blicken. In der obersten Schale des Brunnens kniete ein Mann mit triefenden, schwarzen Haaren. Sein Gesicht war zu einer fanatischen Grimasse verzerrt, seine Arme nach oben gereckt.

„Halleluja, die Stadt ist von ihren Schändern befreit. Tot all denen, die sich an Salzburgs heiligem Boden vergreifen. Halleluja."

Ein Wahnsinniger, dachte Noah.

Langhinis Mörder, dachte Winfred.

Bevor sich die beiden von ihrem Schreck erholt hatten, kletterte der Irre mit unerwarteter Behändigkeit vom Brunnen herunter. Noah bekam ihn noch am Arm zu fassen, unterschätzte aber die Kraft des Mörders, der ihm einen Schlag unters Kinn verpasste und sich losriss, ehe er mit eiligen Schritten zwischen den Säulen der Kolonnaden verschwand, welche den Dom mit der alten Residenz verbinden.

21.

„Erkennen Sie einen der Männer auf den Fotos?"

Richer legte fünf Portraitfotos auf den Tisch, welche sich Noah und Professor Winfred in Ruhe anschauen sollten. Sie brauchten nicht lange und waren sich einig: „Der da, der Mann mit den langen, schwarzen Haaren, das war der Mörder auf dem Brunnen. Der hat Langhini auf dem Gewissen."

Richer beugte sich zufrieden zu Kommissar Siler: „Die beiden haben Gerser zweifelsfrei identifiziert. Jetzt wissen wir, wer der Täter ist."

„Kann ich jetzt gehen?" Noah meldete sich zu Wort, da ihm in der Polizeidirektion immer noch sehr unbehaglich zumute war. Er wollte weg, bevor die beiden Kommissare wieder auf den Gedanken kämen, ihn zu verdächtigen.

„Ja, ausnahmsweise, aber wenn wir Sie nochmals an einem Tatort finden, dann haben Sie Ihre Unschuld verwirkt. Halten Sie sich in Zukunft von unseren Leichen fern, Sie haben ja genug andere, um die Sie sich kümmern können." Richer war sich nicht sicher, ob der Bestatter über jeden Verdacht erhaben war. Aber er wusste, dass bei der dürftigen Indizienlage jeder Rechtsanwalt den Totengräber in fünf Minuten freibekommen hätte.

Als die beiden Zeugen das Kommissariat verlassen hatten, schrieb Richer Gerser zur Fahndung aus. „Ist nur eine Frage der Zeit, bis er aufgegriffen wird. Er hat keinen festen Wohnsitz, keine Freunde, die ihn verstecken, dafür jede Menge Feinde, die ihn verraten werden. Den haben wir bald."

„Jetzt müssen wir nur noch beweisen, dass Gerser die fünf Morde begangen hat", erwiderte Siler skeptisch.

„Das kriegen wir hin. Immerhin haben wir fünf Leichen, einen Mörder und ein Motiv. Das ist mehr als die meisten unserer Kollegen in ähnlichen Fällen vorweisen können."

„Wir haben auf jeden Fall mehr Leichen." Siler klang noch nicht überzeugt „Ich hoffe nur, dass Schmalzl Ruhe gibt, bis wir Beweise in der Hand haben."

„Wieso sollte er sich aufregen, wir haben doch eine fundierte Mordtheorie?"

„Wenn du den Durchblick hast, dann klär mich auf."

„Wir haben einen Wahnsinnigen, den jede Veränderung seines geliebten Salzburgs aggressiv macht. Den Archäologen hat er im Brunnen ertränkt, weil der den Residenzplatz aufgegraben hat. Auf Ralmer hatte er eine Wut, weil er ihn in der Psychiatrie schikaniert hat. Den Pfleger hat er aus demselben Grund umgebracht."

„Und was hat ihm der arme Mönch getan?" Siler neigte fragend den Kopf.

„Hm." Richer wurde nachdenklich. „Was weiß ich, vielleicht hat der etwas am St.-Peters-Friedhof verändert, was Gerser nicht gepasst hat. Vielleicht hat er auch den armen Maxi beleidigt und Gerser hat diesem eingeredet, dass er Ambros mit Steinen bewerfen soll."

„Und was ist mit unserer Wasserleiche? Wie passt die ins Bild?"

„Entweder ist ihr Auftauchen Zufall, oder ich finde noch heraus, was sie mit unserer Stadtbefreiungsaktion zu tun hat."

„Stefan, es tut mir leid, aber das Ganze ist nicht stringent. Gerser passt zwar zum Mord am Residenzbrunnen, notfalls auch zu Pfleger und Psychiater. Aber dann hätte er zwei verschiedene Motive, wovon das Gericht schwer zu überzeugen sein wird."

„Verdammt, dann hat er eben zwei Motive." Richer wurde wütend, weil er selbst die Verworrenheit seiner Argumentation spürte. „Hast du nicht behauptet, dass ihm die Toten egal sind und er nur an der Symbolik der Plätze interessiert ist, um den Salzburgern eins auszuwischen?"

„Ja, aber warum legt er jetzt los, nachdem er sich jahrelang aufs Leserbriefschreiben beschränkt hat?"

„Kannst du vielleicht in so einen Verrückten hineinschauen? Vielleicht hat er in letzter Zeit seine Medikamente nicht genommen oder die falsche Dosierung bekommen. Oder er ist Ralmer nach langer Zeit wiederbegegnet, und alles ist ihm hochgekommen, was er ein Leben lang in sich hineingefressen hat. All die Demütigungen, all die medizinisch sanktionierten Misshandlungen. Du weißt doch, wenn ein Amokläufer einmal loslegt, dann bringt er alles um, was sich ihm in den Weg stellt."

„Und wie und warum ist er nach Uttendorf im Pinzgau gekommen?" Es machte Siler Spaß, seinen Kollegen durcheinanderzubringen.

„Gott verdammt, du kannst einem wirklich auf den Sack gehen. Gut, dann wurde die Mordserie eben von zwei verschiedenen Mördern begangen. Kandidaten dafür haben wir ja genug. Dann sperren wir eben den guten Noah wieder ein."

„Wieso das denn?"

„Da fragst du noch? Immerhin haben wir ihn blutverschmiert vor dem Mönch stehend gefunden. Seine Unschuld wird nur durch seine eigene Aussage gestützt. Als geübter Sargstemmer hatte er die Kraft, Ambros auf dem Kreuz aufzuspießen und Zeit genug, um sich eine gute Ausrede auszudenken."

„Und warum soll er das getan haben?“

„Kennst du dich in der verqueren Welt der Totengräber aus? Müssen Menschen, die sich ständig mit dem Tod beschäftigen, nicht etwas seltsam sein? Ist es vom ständigen Begraben der Leichen nicht ein kleiner Schritt, sich als Herr über Leben und Tod zu fühlen? Vielleicht hatten Noah und Ambros eine langgehegte Rivalität, wer den schöneren Friedhof hat und wer der wahre Beherrscher der Toten ist.“

„Mit dieser Theorie brauchst du aber nicht zu Schmalzl zu gehen und zum Staatsanwalt schon gar nicht.“

„Scheiße.“

Im Polizeibüro wurde es ruhig. In betretenem Schweigen drehte Richer an den Knöpfen seines Anzugs. Ihm waren die Antworten ausgegangen, Siler die Fragen.

Die beiden Männer wussten, dass es höchste Zeit war, dass die Mordserie ein Ende hatte, bevor sich sämtliche Journalisten Europas auf die beiden ratlosen Kommissare stürzen und die letzten Touristen die mordverseuchte Stadt verlassen würden.

22.

Auf der Pressekonferenz ging es heiß her. Oberst Schmalzl kam ins Schwitzen.

„Herr Oberst, wie erklären Sie sich diese Mordserie in unserer sonst so friedlichen Stadt?“

„Haben Sie schon einen Mordverdächtigen?“

„Stimmen die Gerüchte, dass ein Wahnsinniger aus der Nervenklinik frei herumläuft? Wenn ja, warum haben Sie ihn nicht längst verhaftet?“

„Warum setzen Sie nicht mehr Polizeikräfte ein, um die Bürger der Stadt zu schützen?“

„Was hat die Bestattung Mortin mit der ganzen Sache zu tun?“

„Stimmt es, dass die Nächtigungszahlen der Hotels drastisch zurückgegangen sind?“

„Was haben die Obduktionen ergeben?

„Kennen Sie die Todesursachen?“

Es hagelte Fragen. Schmalzl zog den Kopf ein wie ein Schulbub, der seine Hausaufgaben nicht gemacht hatte, und einem strengen Lehrer Rede und Antwort stehen musste. Vielleicht hätte er Siler doch nicht bremsen sollen. Schmalzl hatte eine Eskalation vermeiden wollen, aber genau die war nun eingetreten.

„Meine Damen und Herren von der Presse, ich kann Ihnen versichern, dass alles Menschenmögliche getan wird, um diesen Verbrechen ein Ende zu bereiten und den oder die Mörder zu fassen. Ich habe meine zwei besten Kommissare auf die Sache angesetzt, und diese haben bereits große Fortschritte gemacht.“

„Einer der beiden soll wegen Unfähigkeit von Linz nach Salzburg versetzt worden sein. Wollen Sie so jemandem das Leben der Salzburger anvertrauen?“

„Kommissar Siler ist ein erfahrener Polizist“, beschwichtigte Schmalzl. „Er hat sich aus persönlichen Gründen versetzen lassen. Ich habe keinen Grund, an seiner Sachkenntnis zu zweifeln. Außerdem ist er Kommissar Richer unterstellt, unserem besten Mann. Er handelt nur nach dessen Anweisungen.“

„Was sind die Motive der Täter?“

„Zum gegenwärtigen Stand der Ermittlungen darf ich Ihnen keine Details verraten. Das könnte die Täter warnen und die Aufklärung der Morde behindern. Haben Sie Verständnis dafür, dass die vorliegenden Indizien und Beweise nicht in der Zeitung abgedruckt werden dürfen.“

„Aber Sie müssen uns etwas geben, was wir unseren Lesern mitteilen können.“

„Meine Damen und Herren, das ist alles, was ich Ihnen sagen kann. Schreiben Sie, was immer Sie für richtig halten. Die Pressekonferenz ist beendet."

Schmalzl verließ den Pressesaal so schnell er konnte. Er flüchtete richtiggehend, denn im Grunde seines Herzens war er ein Feigling. Siler hatte dies richtig erkannt. Als Chef des Morddezernats war Schmalzl eine Fehlbesetzung. Er hatte diese Stelle nur bekommen, weil er das richtige Parteibuch, die richtige Seilschaft und den richtigen Schwiegervater gehabt hatte, als der Posten zur Besetzung ausgeschrieben war. So lief das nun mal im öffentlichen Dienst.

Aber wie jeder unfähige Chef, der sich ins Eck gedrängt fühlt, befand er, dass Angriff die beste Verteidigung ist. Und für einen gefahrlosen Angriff war niemand besser geeignet als die eigenen Untergebenen.

Schmalzl stürmte ins Büro der beiden Kommissare und polterte drauflos: „Ich will jetzt endlich Fakten sehen, meine Herren. Was haben Sie herausgefunden? Wen haben Sie verhaftet? Was haben Sie für eine Mordtheorie? Seit drei Wochen ackern Sie ohne greifbares Ergebnis in der Gegend herum. So geht das nicht. Ich will Beweise sehen, Indizien, Argumente. Los los, meine Herren, die Journalisten zerreißen uns in der Luft, und der Staatsanwalt sitzt mir seit Tagen im Nacken."

„Sollen wir jetzt doch wegen Mordes ermitteln? Am Anfang haben Sie mir doch nichts geglaubt. Nach Ihrer Meinung beruhte alles auf Zufällen, Unfällen, Selbstmorden und natürlichen Todesursachen." Siler konnte sich den höhnischen Einspruch nicht verkneifen.

„Am Anfang war am Anfang, und jetzt ist jetzt. Ralmer starb vielleicht eines natürlichen Todes, aber die anderen vier wurden umgebracht. Versuchen Sie nicht, sich herauszureden, Siler. Sie werden dafür bezahlt, Morde aufzuklären und Mörder einzusperren. Also, was haben Sie?"

Als Siler und Richer ihm den Stand ihrer Ermittlungen mitteilten, hatte Schmalzl erst recht allen Grund, den unzufriedenen Chef hervorzukehren: „Das ist Scheiße, meine Herren, alles Scheiße von vorn bis hinten. Ich sollte Sie beide auf der Stelle entlassen. Bedauerlicherweise sind Sie unkündbar, weil Ihre Hintern seit Jahren auf Plätzen sitzen, auf denen jüngere Kollegen dreimal mehr ausrichten würden. Ich gebe Ihnen bis morgen früh Zeit, irgendetwas Brauchbares abzuliefern. Sonst sind Sie fällig." Sprach's und stürmte aus dem Büro.

Als Schmalzl endlich hinter seinem eigenen Schreibtisch Platz genommen hatte, atmete er ein paarmal tief durch. Die ganze Geschichte begann ihm über den Kopf zu wachsen, was bei seiner geistigen Größe sehr schnell gehen konnte. Denn, was niemand wissen durfte, war, dass er der Aufklärung der Morde überaus ambivalent gegenüber stand. Einerseits benötigte er Futter für die Presse, und der schwache Stand der Ermittlungen warf ein blamables Licht auf seine Abteilung. Andererseits hatte er Siler aus gutem Grund gebremst. Denn er konnte es sich nicht leisten, dass die wahren Hintergründe der Morde ans Licht kamen.

Was niemand wissen konnte – Schmalzl wurde erpresst. Der Mörder durfte nicht gefunden werden. Die Aufklärung der Motive würde Schmalzl den Kopf kosten.

Der Drahtzieher der Morde hatte ihn in der Hand.

Gott sei Dank hatte der Polizeichef ihm einen unfähigen Kollegen aus Linz zur Verfügung gestellt, auf den er alle Schuld abwälzen konnte.

Keine Lage konnte so beschissen sein, dass sie sich nicht durch einen einfältigen Sündenbock retten ließ.

23.

Richer und Siler waren auf dem Weg in den Pinzgau. Offiziell, um sich um den Verdächtigen aus Uttendorf zu kümmern. Inoffiziell schienen sie sichtlich froh, einen Tag lang den Wahnsinn in Salzburg hinter sich zu lassen, bevor ein neuer Leichenfund sie endgültig aus dem Konzept bringen würde.

„Okay, Bodo, fahren wir die Saalach flussaufwärts."

„Du meinst wohl die Salzach."

„Da sieht man wieder, dass du noch nicht lange in der Stadt bist. Die Salzach ist zwar der größere Fluss, zieht aber einen weiten Bogen durch die Berge, bis man nach Zell am See kommt. Die Saalach fließt in direkter Linie von knapp oberhalb Zell bis nach Salzburg. Darum sind wir auf diesem Wege schneller. Außerdem können wir da in Oberrain Halt machen, wo unser guter Maxi aufgewachsen ist. Den sollten wir nicht ganz aus den Augen verlieren, solange wir uns nicht sicher sind, dass Gerser alle Morde begangen hat."

Die Straße führte die beiden Polizisten an Bad Reichenhall vorbei durch das Berchtesgadener Land. Vom schönen Wetter und dem Gurgeln des Flusses angeregt, fand Richer zurück zu seiner Besserwisserei. Er fing an, dem unbedarften Kollegen aus Linz ein bisschen Nachhilfeunterricht in Salzburger Landesgeschichte zu geben.

„Wusstest du, dass Berchtesgaden dem guten alten Wolf Dietrich den Kopf gekostet hat?"

„Wieso das?"

„Das Berchtesgadener Land war die einzige Gegend rund um Salzburg, welche die Erzbischöfe nie in ihre machtgierigen Finger bekamen. Das gedachte Wolf Dietrich zu ändern und fing 1612 einen Krieg mit den Bayern an, um ihnen Berchtesgaden wegzunehmen. Die Bayern gewannen und sperrten Wolf Dietrich bis zu seinem Tod auf der Festung Hohensalzburg ein."

„Na, immerhin haben sie ihn nicht gleich geköpft."

„Schon, aber Wolf Dietrich musste fünf Jahre lang zuschauen, wie sein Neffe Markus Sittikus als neuer Erzbischof das ganze Geld verprasste, welches Wolf Dietrich für den Ausbau der Stadt vorgesehen hatte. Jener baute in Hellbrunn ein Schloss nach dem anderen und überließ die Stadt sich selbst."

„Da hat sich der alte Wolf Dietrich wohl verzehrt vor Gram."

„Ja, und als er vor lauter Kummer verstorben ist, hat er sich so lange im Grab umgedreht, bis nichts mehr von ihm übrig blieb. Vielleicht hat man deshalb seinen Leichnam nie gefunden."

„Ich sehe da eine gewisse Parallele zu Gerser. Der verteidigt die Bauten Wolf Dietrichs mit Zähnen und Klauen. Könnte eine Reinkarnation des Alten sein, vorausgesetzt, man glaubt an so was."

Diese allzu spekulative Bemerkung quittierte Richer mit missbilligendem Schweigen.

Nachdem die beiden Polizisten den Steinpass überwunden hatten, sahen sie Oberrain vor sich, ein altes Jagdschloss, welches zu einem Heim für geistig Behinderte umgebaut worden war. Diese lernten dort einen Lehrberuf oder wurden zumindest für ein einfaches Handwerk angelernt, um ihnen die Integration in die Gesellschaft zu erleichtern. Als die beiden vor dem Schloss parkten, wurden sie von ein paar fröhlichen Burschen umringt, deren Verhalten sie sehr an Maxi erinnerte. Zwei Burschen mit mongoloiden Augenfalten fielen den Männern um den Hals und drückten ihnen feuchte Küsse auf die Wangen.

Als Siler und Richer sich mit gemischten Gefühlen die Gesichter abwischten, kam ihnen einer der Erzieher entgegen, führte sie in den Empfangsraum und kredenzte Kaffee mit Kuchen.

„Den haben unsere Lehrlinge mit großer Begeisterung selbst gebacken", machte Sozialpädagoge Sporler Werbung für seine Schützlinge.

Die beiden Polizisten blickten sich kurz an und äußerten gleichzeitig, sie hätten bereits in Bad Reichenhall gegessen und nun keinen Hunger mehr.

Widerwillig kosteten sie, ließen den Rest aber stehen.

„Sie möchten also etwas über unseren Maxi wissen", fuhr Sporler fort. „Der war wirklich lange bei uns. Er machte jedes Lehrjahr zweimal und verweigerte jede Zusammenarbeit mit den Ausbildern. Das war für seine Familie wirklich schlimm. Denn Maxis Geschwister sind hochintelligent und haben als Anwälte und Ärzte Karriere gemacht."

„Litt Maxi an einer Gehirnkrankheit, oder warum fiel er aus der Reihe?"

„Das ist ja das Komische, die Ärzte fanden keine organische Ursache für sein seltsames Verhalten. Deshalb schlug auch keine Therapie an, und so war Oberrain Maxis letzte Chance, weil keiner mehr weiterwusste. Manchmal hatte ich den Eindruck, dass er sich nur blöd stellte, damit man ihn in Ruhe ließ. Was mich bei seinem äußerst aufdringlichen Vater nicht weiter wunderte."

„Was meinen Sie damit?"

„Kann ich nicht sagen, aber ich war immer froh, wenn Maxis Vater wieder gegangen war und wir lange nichts von ihm hörten. Wissen Sie, der gute Mann war Professor der Theologie und konnte einem mit seinen rigiden Ansichten ganz schön auf den Geist gehen. Ich hatte das Gefühl, dass Maxis Kindheit nicht sehr glücklich verlaufen ist. Leider wurde er in seinem letzten Jahr bei uns auch noch schizophren, und wir mussten ihn der Psychiatrie übergeben."

„Gab es dafür einen Grund?"

„N-nein, gab es nicht."

„Kommen Sie, Sie wissen mehr, als Sie zugeben."

„Nun, in dieser Zeit mussten wir einen Erzieher entlassen, weil er den jungen Burschen zu nahe getreten war. Ob er sich auch an Maxi vergriffen hat, weiß ich beim besten Willen nicht."

„Na, das erklärt doch so manches."

Als die beiden Polizisten wieder im Auto saßen, pfiff Richer durch die Zähne: „Ich denke, wir haben Maxi unterschätzt. Ein intelligenter Mensch, der sich absichtlich dumm stellt, mit einer unglücklichen Kindheit, einer Riesenwut auf seinen Vater und dessen Mutter Kirche. Aufgrund eines Missbrauchs emotional unberechenbar. So jemandem würde ich als Mönch auch nicht gern in die Quere kommen."

„Du meinst, unsere Auswahl an Verdächtigen hat sich soeben vergrößert?"

„Genau das denke ich."

24.

Als die beiden Polizisten in Zell am See ankamen, musste Siler zugeben, dass Stadt und Land Salzburg mehr zu bieten hatten als sein gutes altes Linz. Der kleine Zeller See lag eingebettet zwischen schneebedeckten Bergen, die Bezirkshauptstadt Zell glänzte durch stilvoll renovierte Hotelbauten und breite Uferpromenaden. Kein Wunder, dass die Industriellenfamilie Porsche sich hier niedergelassen hatte.

Die beiden betraten den Zeller Gendarmerieposten.

„Wir müssen nicht bis Uttendorf fahren, die Kollegen haben unseren Verdächtigen hierher geholt", informierte Richer seinen Kollegen.

„Wenigstens was." Siler war müde von der langen Fahrt. „Eigentlich sehe ich nicht ein, warum wir uns abrackern und die Gendarmen sich hier ein schönes Leben machen."

„Gendarmen können der Polizei nicht das Wasser reichen. Die werden wohl eines Tages abgeschafft."

Im Verhörraum beteuerte Herr Köster seine Unschuld. „Ich habe meiner Frau nichts getan. Vielmehr hat die sich in den letzten Monaten sehr seltsam benommen. Ständig war sie verschwunden, ohne mir zu sagen, wohin sie ging. Da schöpfte ich natürlich Verdacht und spionierte ihr nach. Sie traf sich immer wieder mit einem schwarzhaarigen Fremden. Natürlich machte ich ihr eine Szene, und da ist mir vielleicht einmal die Hand ausgerutscht."

Wohl eher die Faust, dachte Siler.

„Erkennen Sie einen dieser Männer?" Richer legte einige Fotos auf den Tisch.

Köster deutete erregt auf das in der Mitte. „Das ist der Mann, der mir Hörner aufgesetzt hat. Mit dem muss sich meine Frau aus dem Staub gemacht haben, denn ich habe sie seit über einer Woche nicht mehr gesehen."

„Gerser!" riefen Siler und Richer unisono.

„Ihre Frau werden Sie wiedersehen, aber der Anblick wird Ihnen keine Freude machen", klärte Richer Herrn Köster auf. „Wir müssen Sie bitten, mit uns zu kommen und die Leiche Ihrer Frau in der Gerichtsmedizin zu identifizieren."

Köster holte tief Luft und starrte vor sich hin. Er war sichtlich geschockt.

„Sie haben keine Ahnung, was Gerser von Ihrer Frau wollte?"

„Sie hat mir nichts erzählt, deswegen war ich ja so verärgert. So geht doch keine Frau mit ihrem Mann um. In letzter Zeit war sie nervös und fahrig, man konnte kein vernünftiges Wort mehr mit ihr reden. Sie entzog sich jeder Auseinandersetzung und lief ständig davon."

„Klingt aber nicht nach frisch verliebt und Seitensprung", wandte Siler ein.

„Klingt eher nach jemandem, der sich bedroht fühlt", ergänzte Richer. „Eine durchaus angemessene Emotion, wenn man bedenkt, dass ihre Frau inzwischen ermordet worden ist. Also noch mal, was hatten Gerser und Ihre Frau miteinander zu schaffen?"

„Woher soll ich das wissen?"

25.

Pater Faissauer rieb sich die Hände. Der strafende Gott war aufgewacht. Er schien nicht mehr willens, das gottlose Treiben der Menschen hinzunehmen. Faissauers Gebete waren erhört worden. Der Herr hatte die Sintflut geschickt, und alle Wasser Salzburgs würden zu tödlichen Fallen werden.

Was noch besser war, niemand hatte eine Idee, wer hinter den Morden steckte. Die Kommissare waren vollkommen auf dem Holzweg. Niemand würde einen Priester seltsamer Machenschaften bezichtigen, schon gar nicht einen, dessen Handwerk die Begräbnisse sind.

Alles lief so, wie Faissauer es gewollt hatte. Er konnte fortfahren, die Menschen auf den Begräbnissen heim zu Gott zu führen. Und Gott würde dafür sorgen, dass die Begräbnisse so schnell nicht ausgingen. Wo immer sein Diener ihn dabei unterstützen konnte, würde Faissauer dies tun.

„Brüder und Schwestern, wir beklagen heute das Ableben von Frater Ambros, einem gläubigen Diener des Herrn und treuen Mitglied des Benediktinerordens. Bei aller Trauer – was gibt es Schöneres, als an der Stätte seines Wirkens den letzten Atemzug zu tun, umgeben von seinem Kloster, im Angesicht der Peterskirche? Manche von Ihnen werden denken, was nutzt das viele Beten, wenn man dann so grausam getötet wird, wie es Bruder Ambros geschah? Ja, es ist wahr – Ambros wurde ans

Kreuz geschlagen, so wie unser Herr Jesus Christus. Aber hat er nicht darum ein Leben lang gebetet, dass er Christus nachfolgen dürfe und ebenso wie dieser sein Kreuz auf sich nehmen könne? Die Wege des Herrn sind unergründlich, und wir wissen nicht, wie der große Gott unsere Wünsche erfüllt, denn er ist weiser als wir. Aber ohne Zweifel, Ambros hat sein Kreuz genommen, und dieses hat ihn auf direktem Weg in den Himmel getragen, schneller als es den meisten von uns vergönnt ist. Möge Bruder Ambros uns allen ein Beispiel sein. Lieber sein Leben hingeben für eine gerechte Sache, als seine Seele verlieren im Sündenpfuhl der verderbten Welt. Lieber ans Kreuz geschlagen werden um der Sache Christi willen, als hinabsteigen in die Niederungen von schnödem Mammon, perfidem Verrat und unsinniger Eitelkeit. Warum aber starb Ambros in dieser Stadt und zu dieser Zeit? Hat es damit zu tun, dass Salzburg gottlos geworden ist, trotz seiner herrlichen Kirchen? Wer sucht noch den Herrn und betet zu ihm im Dom oder in der Kirche von St. Peter? Wie viele Menschen müssen noch eines frühen Todes sterben, bis Salzburg erwacht? Ist die Mordserie, mit der wir jetzt gestraft werden, nicht ein Zeichen – ein Zeichen des Himmels, umzukehren und Buße zu tun? Denkt nach, meine Brüder, geht in Euch. Denn nichts auf dieser Welt geschieht, ohne seinen Platz im großen Plan des Herrn zu haben."

Noah legte den sizilianischen Trauermarsch auf, als die Prozession der Angehörigen zum offenen Grab zog. Dies schien ihm passend, denn die Ansprachen des Priesters klangen immer mehr nach Mord und Mafia. Faissauer war ja immer schon etwas seltsam gewesen, aber in letzter Zeit wurde er als Begräbnispfarrer zusehends untragbar. Noah hatte nichts gegen Verrückte, aber wenn sie den Ruf des Friedhofswesens schädigten, hörte der Spaß auf. Vielleicht sollte er ihn ans Messer liefern, indem er den beiden Kommissaren einen Tonbandmitschnitt der letzten Predigten des Priesters lieferte.

26.

Maxi hatte sich wieder mal eine Auszeit genommen. Im Prinzip gefiel es ihm ja auf der Geschlossenen. Diese war der sicherste Ort auf der Welt, denn niemand konnte hinein, der nicht auf Wunsch der Patienten von den Pflegern eingelassen wurde. Hier konnte Maxi nichts passieren, und deswegen weigerte er sich, gesund zu werden und sich in die gefährliche Welt da draußen verstoßen zu lassen.

Das hieß aber nicht, dass Maxi sich einsperren ließ und auf seine Freigänge verzichtete. Nein, ihm stand die ganze Stadt offen. Denn trotz seiner angeblichen Debilität war es ihm ein Leichtes, irgendeine Lücke im System zu finden, durch die er entwischen konnte.

Diesmal hatte er einem Pflegeschüler geholfen, einen Stapel Bettlaken in das Lager im zweiten Stock zu tragen. Als dieser die Laken im Schrank stapelte, verschwand Maxi blitzschnell, lief auf den Dachboden, stieg durch die Dachluke und turnte behände über das Abflussrohr der Dachrinne nach unten. Bevor der Pflegeschüler Alarm geschlagen hatte, war Maxi weg. Die Stationsschwester löste keine Fahndung aus, denn Maxi würde ja sowieso wiederkommen, so wie die anderen Male auch.

Maxi hatte schon als Kind gelernt, dass man ihn in Ruhe ließ, wenn er den Dummen spielte. Deswegen traute ihm niemand etwas Böses zu. Er konnte das Kindchenschema so perfekt aktivieren, dass ihn alle für ein harmloses Hündchen hielten.

Das bedeutete aber nicht, dass Maxi harmlos war. Die vielen Misshandlungen in seiner Kindheit hatten ihre Spuren hinterlassen. Er verzieh seinem Vater nie, dass der ihn zum Sündenbock seiner gespaltenen Weltsicht gemacht hatte. Auf der einen Seite predigte der Vater katholische Moral und traktierte seine Kinder mit Geboten, die bis in die letzten Winkel des Alltags reichten. Auf der anderen Seite stellte er sich über die Moral und machte Dinge, die Maxi niemandem erzählen konnte, denn man hätte ihm sowieso nicht geglaubt. Ein einziges Mal hatte er es versucht und sich seiner Lieblingslehrerin anvertraut, die dummerweise Religionslehrerin war. Sie wies Maxis Schilderungen entsetzt von sich: „Der Herr Professor soll so etwas gemacht haben? Das gibt es doch gar nicht. Pfui, Maxi, schäm dich! Wie kannst du nur so etwas denken und deinen Vater auf so schlimme Weise anschwärzen? Jetzt gehst du sofort zur Beichte, wäscht dir deinen schmutzigen Mund aus und tust Buße."

Maxi hatte nie wieder jemandem erzählt, was ihm widerfahren war. Er musste sein Leben und die Gerechtigkeit selbst in die Hand nehmen. Er schlug seine Zelte in der geschützten Geschlossenen auf und nahm von dort aus seine Streifzüge zur Ausübung von Recht und Rache auf.

Vater war tot. Das war gut so, denn jetzt konnte er Maxi nicht mehr quälen. Sein seltsamer Tod vor einem Jahr hatte keinen Verdacht geweckt, schon gar nicht auf Maxi, der ja auf der Geschlossenen verwahrt war und dort nichts anstellen konnte. Tja, man soll nie einen Verrückten unterschätzen.

Aber der Pfleger, der in Oberrain Hand an ihn gelegt hatte, der lebte noch. Der war der Grund für Maxis häufige Streifzüge durch die Stadt. Denn Maxi würde nicht ruhen, bis er ihn gefunden hatte.

27.

Der Universitätsplatz kann es mit den großen Plätzen rund um den Dom nicht aufnehmen. Dafür ist er Salzburgs idyllischster Platz. Dort stehen Würstelstände, an denen die Salzburger an allen Tagen ihren kleinen Hunger stillen. Es gibt einen Gemüsemarkt mit den köstlichsten Feldfrüchten der Bauern aus Wals, die ihre Kunden mit frischen Vitaminen versorgen. In der Hagenauerstuben und dem davor befindlichen Schanigarten trinken die Salzburger Damen schon mal am Nachmittag ein Gläschen Sekt. Trotz dieses menschlichen Gepräges erhält der Platz durch die alte Universität mit der Kollegienkirche einen würdigen Rahmen.

Die Kinder aber lieben die große Öffnung im Boden, wo sie zum rauschenden Almkanal hinunterblicken können, der unter den Kellern der Altstadt zur Salzach tost. Am Universitätsplatz wird der Kanal auf einer Länge von drei Metern sichtbar, die Brüstung darüber hat man künstlerisch gestaltet und aus dem Ganzen eine Sonnenuhr gemacht, die von frischem Quellwasser unterspült wird. Vom Süden her schießt das Wasser aus dem unterirdischen Kanal und verschwindet schließlich in einem großen Loch in der Unterwelt der Stadt.

In den neunziger Jahren stand manchmal ein Leichenwagen im Torbogen der Buchhandlung Höllriegel und sperrte den Verkehr zwischen dem Universitätsplatz und dem Alten Markt ab. Dann hatten Noah und Peter einen unbändigen Gusto auf Frankfurter und Burenwurst verspürt. Die ungeduldigen Touristen mussten warten, bis die beiden ihre köstliche Jause verdrückt hatten. Wurde einer ausfallend, dann wies ihn Noah darauf hin, dass hier sowieso Fußgängerzone war und daher Fahrverbot bestand für alle Autos außer seinem, welches daher genauso gut dort stehen wie fahren konnte.

Am 15. Mai 1992 war der Torbogen frei, und keine Leiche weit und breit trübte die friedliche Stimmung. Die Würstel gingen weg wie warme Semmeln, Basilikum und Broccoli verschwanden in den Einkaufstaschen emsiger Hausfrauen. Eine junge Mutter, die sich gerade mit ihrer Freundin ein Glas Sekt genehmigte, wurde von ihrem dreijährigen Buben zum Almkanal geschleppt. Um die Unterhaltung mit ihrer Freundin fortsetzen zu können, ließ sie den Buben gewähren. Sie hielt ihn aber an der Hand, damit er nicht in den Kanal fiel.

„Mama, da kommt ein Ball aus dem Kanal."

„Ja, Florian, sicher", antwortete die Mutter, ohne hinzusehen, was der Knabe meinte.

„Mama, der Ball hat Haare."

„Florian, erzähl keinen Blödsinn." Die Mutter achtete nach wie vor nicht auf das, was der Bub gesehen hatte.

„Mama, der Ball kommt näher. Der ist gar nicht schön." Florian verkroch sich hinter dem Kleid der Mama.

Da blickte die Mutter endlich in den Kanal hinunter und stieß einen schrillen Schrei aus. Was Florian als Ball angesehen hatte, war der Kopf einer Leiche, die im Kanal steckte und von der starken Strömung in Richtung Abflussloch getrieben wurde. Da es sich um eine korpulente Leiche handelte, steckte sie fest und kam nur langsam vorwärts.

Kurze Zeit später waren Feuerwehr und Polizei auf dem Platz. Die Feuerwehr hatte alle Mühe, mit Enterhaken die Beine der Leiche zu fassen, die im Abflussloch zu verschwinden drohte. Ein Feuerwehrmann wurde mit der ausziehbaren Leiter über die Leiche gehoben und band deren Beine mit einem Strick zusammen, damit man sie hochziehen konnte. Als dies gelang, bot sich den feinen Damen vor der Hagenauerstube ein Anblick wie in einem Fischereihafen, wo ein Trawler gerade einen fetten Thunfisch an Land hievt. Die Haare der Leiche wurden vom triefenden Wasser zu einem Spitz zusammengefügt, der dem Maul eines solchen Fisches ähnelte.

Siler und Richer sahen sich an. Beiden stand die Sorge ins Gesicht geschrieben, dass sie wieder keine Fingerabdrücke und keine sonstigen Indizien finden würden.

„Wo kommt dieser Kanal eigentlich her?" wollte Siler wissen.

„Hinter dem Mönchsberg verschwindet er im Berg und läuft dann in einem unterirdischen Tunnel weiter. Dort finden wir vielleicht noch den, der die Leiche ins Wasser geschmissen hat. Also nichts wie hin."

Siler fürchtete schon, Richer könnte ihn erneut über eine der vielen Mönchsbergstiegen hetzen, aber Richer zog diesmal das Polizeiauto vor. Mit eingeschaltetem Blaulicht rasten die beiden durch das Neutor. So kamen sie an die Rückseite des Bergs. Hinter einem alten Wehr konnte Siler den offenen Almkanal erkennen. Die beiden Polizisten rannten den Kanal entlang bis zu einer großen Wiese, die allmählich zum Mönchsberg hinauf anstieg. Mitten in dieser Wiese verschwand der Kanal ebenso unvermutet in einem Loch, wie er auf der anderen Seite des Berges wieder auftauchte.

Die beiden Polizisten suchten die Ufer des Kanals nach verdächtigen Spuren ab. Wie sie erwartet hatten, fanden sie gar nichts.

Siler ließ seinen Blick über die Wiese schweifen, die seltsamerweise nie bebaut worden war, als hätte der Salzburger Stadtbebauungsplan einen großen Bogen um sie gemacht. Nur ein altes Häuschen stand in seiner Mitte, einsam wie ein Paria, von dem die anderen Häuser gebührend Abstand hielten.

„Ein seltsames Haus", sagte Siler. „So etwas habe ich noch nie gesehen. Der Traum aller Städter. Man wohnt im Zentrum und hat doch keine Nachbarn vor der Tür."

„Das ist das Krautwächterhäuschen", klärte ihn Richer auf. „Hier mussten einsame Leute auf die Gemüsebeete des Abtes von St. Peter aufpassen. Vier Jahrhunderte lang. Auch kein lustiger Job."

„Wollen doch mal sehen, wer heute den Platz des Krautwächters einnimmt", witzelte Richer und läutete.

„Komme gleich", dröhnte es dumpf von innen. Dann ging die Tür auf, und ein verschlafener Noah blinzelte Richer entgegen.

Die beiden Polizisten brauchten einen Moment, um sich von ihrer Überraschung zu befreien. Richer fand als Erster zu seiner großen Schnauze zurück: „Noah, ich habe Sie gewarnt. Wenn ich Sie ein drittes Mal an einem Tatort finde, muss ich Sie verhaften. Das ist jetzt das dritte Mal. Siler, pack die Handschellen aus."

„Wieso Tatort, verdammt noch mal, ich wohne hier."

„Ja, und vor Ihrer Haustür fließt der Almkanal vorbei."

„Na und, das tut er schon seit siebenhundert Jahren."

„Aber heute hat jemand eine Leiche hineingeschmissen, höchstwahrscheinlich genau vor Ihrer Haustür."

Noah brauchte einen Augenblick, um sich zu fassen. Die Zufälle des Schicksals standen in letzter Zeit gegen ihn. „Ich habe nichts gesehen und nichts gehört, sondern seit sechs Stunden fest geschlafen. Letzte Nacht musste ich einen abgestürzten deutschen Touristen nach Dortmund überführen. Sie wissen ja, die glauben allesamt, man könne den Untersberg mit Sandalen erklimmen, und machen dann eine Rutschpartie ins Jenseits."

„Kann jemand Ihr Alibi bezeugen?" fragte Siler, während er die Handschellen um Noahs Handgelenke klicken ließ.

„Nur mein Kater Karli, der macht es sich immer auf meiner Bettdecke gemütlich."

„Das wird nicht ganz reichen", knurrte Richer und schob Noah auf den Rücksitz des Polizeiwagens.

28.

Maxi war zufrieden. Nun war auch sein Peiniger aus Oberrain tot. Niemand würde Maxi mehr bedrohen. Die Welt war wieder sicher. Nun konnte er in das Haus am Kapuzinerberg ziehen.

Diese wunderbaren Neuigkeiten musste er sofort seinem Freund erzählen. Wo der doch gar kein Haus hatte und in einem alten Wehrturm hauste, in dem es so durch die fensterlosen Öffnungen pfiff, dass er sich jeden Winter fast eine Lungenentzündung holte.

Ein steiler Weg aus alten Holzbohlen führte ihn hinauf zum Kapuzinerkloster. Dort, hoch über der Salzach und gegenüber der Festung, liegt dem verweilenden Betrachter die Altstadt zu Füßen. Um das Kloster herum windet sich die alte Wehrmauer hinauf zum Franziskischlössl, einer mittelalterlichen Burg auf dem Gipfel des Berges. Die Wehrmauer machte den Kapuzinerberg über Jahrhunderte zu einer Fluchtburg für die Bauern des Umlandes. Dort waren sie geschützt, wenn das Land von Feinden verheert wurde. Alle zehn Meter ist die Mauer von kleinen Wehrtürmen unterbrochen, die zwar überdacht, ansonsten aber Wind und Wetter ausgesetzt sind.

Maxi lief die Mauer entlang. Als er beim zehnten Häuschen ankam, kündete eine dicke Wolldecke im Eingang davon, dass sich darin jemand häuslich eingerichtet hatte. Wie erwartet, fand Maxi seinen Freund Gerser in der improvisierten Einzimmerwohnung vor. Außer einer Matratze am Boden und einem kleinen gasbetriebenen Campingkocher fand sich darin nur altes Brot und vergammeltes Gemüse in einem Plastiksack.

„Was willst du denn hier?“ fauchte Gerser, der gar nicht erfreut schien, dass ihn jemand aufgespürt hatte. „Du wirst mir noch die Polizei auf den Hals hetzen.“

„Maxi hat super Neuigkeiten, super Neuigkeiten. Du brauchst nicht mehr in dem alten Turm wohnen. Maxi hat großes Haus ganz in der Nähe.“

„Willst du denn nicht mehr zurück in die Geschlossene?“

„Brauche keine Geschlossene mehr, die bösen Menschen sind alle tot. Hat Maxi selbst gesehen, selbst gesehen, jawohl. Fallen von Berg, sterben auf Friedhof, fallen in Kanal. Niemand kann Maxi mehr Böses tun. Jetzt kann Maxi wohnen auf Kapuzinerberg.“

„Willst du dir auch einen Wehrturm herrichten?“ Gerser konnte den plötzlichen Sinneswandel seines Klinikgenossen nicht fassen. Im Gegensatz zu Gerser hatte es Maxi nie länger als einen Tag außerhalb der Nervenklinik ausgehalten.

„Nix Wehrturm, nix Turm, viel besser. Komm mit, komm mit, du selbst sehen.“

Maxi zerrte aufgeregt am Ärmel seines Freundes und zog ihn den Weg an der Mauer entlang den Berg hinauf.

Über einer Felswand, die steil nach unten verlief, war die Mauer unterbrochen und machte einem großen Garten Platz. Darin stand eine großzügige Villa mit einem atemberaubenden Blick auf die Salzach, die Altstadt und die Festung.

„Hey Maxi, willst du hier einbrechen?“ fragte Gerser anerkennend, denn eine solche Aktion hätte er dem Behinderten gar nicht zugetraut.

„Nix einbrechen, Haus gehört Maxi. Wird dir gefallen.“ Maxi tastete mit seinen Fingern einen Blumentopf ab und holte einen Schlüssel daraus hervor. Er schloss das große Portal der Villa auf und führte seinen Freund durch eine große Halle in einen Saal mit Panoramafenstern, von dem aus man die kitschigsten Bilder von Salzburg hätte machen können, wenn das Haus der Öffentlichkeit zugänglich gewesen wäre. War es aber nicht. Es stand seit einem Jahr leer.

„Gehörte Maxis Vater. Ist leider die Wand da vorne hinuntergefallen vor einem Jahr. Hat es Maxi vermacht. Hatte schlechtes Gewissen, weil er Maxi immer so schlecht behandelt hat.“

„Und du meinst, wir beide können hier wohnen, einfach so?“

„Natürlich, komm, ich zeig dir alles“, sprach Maxi und führte seinen Freund durch die vielen Räume der Villa.

29.

„Hast du herausgefunden, wer der Tote aus dem Almkanal ist?" Richer hoffte, dass Siler gute Neuigkeiten für ihn hätte.

„Ja, diesmal haben wir Glück. Seine Fingerabdrücke waren in der Verbrecherkartei."

„Dann sag schon, wer es ist."

„Der Erzieher aus Oberrain, der Maxi vermutlich sexuell missbraucht hat. Er wurde wegen einiger pädophiler Straftaten verurteilt und verbrachte Jahre in der Strafanstalt Stein in der Wachau. Dort hat man ihn vor zwei Jahren entlassen. Hat nicht mehr ins bürgerliche Leben zurückgefunden. Verbrachte seine Zeit seitdem auf der Straße und hat sein Sandlerdomizil offensichtlich vor kurzem nach Salzburg verlegt."

„Das spricht doch sehr dafür, dass wir unseren guten Noah umsonst eingesperrt haben."

„Wieso?"

„Weil Maxi sehr viel mehr Grund hatte, seinen ehemaligen Peiniger umzubringen."

Als Noah aus seiner Zelle entlassen wurde, wunderte er sich über die beiden Kommissare: „Die ändern schneller ihre Meinung als die wetterwendigen Salzburger Politiker, die, wenn zweckdienlich, jeden Tag eine andere Meinung haben." Bevor er aber nach dem Grund des Sinneswandels fragen konnte, waren Siler und Richer schon zur Tür hinaus.

Als sie in der Nervenklinik ankamen, teilte man ihnen mit Bedauern mit, dass Maxi seit zwei Tagen verschwunden sei.

„So lange war er noch nie weg." Die Stationsschwester schüttelte bedächtig den Kopf. „Wir machen uns langsam Sorgen um ihn. Er ist doch da draußen hilflos wie ein kleines Kind."

„Das glaube ich kaum. Wir gehen inzwischen davon aus, dass Ihr kleiner Maxi es faustdick hinter den Ohren hat. Er ist jetzt unser Hauptverdächtiger."

Die Stationsschwester stand mit ungläubigem Blick und offenem Mund da, aber das interessierte Richer nicht weiter. Er und Siler hasteten zurück zum Polizeiauto.

„Wohin könnte der gute Maxi sich verzogen haben?" rätselte Richer.

„Ich habe da so eine Idee", antwortete Siler geheimnisvoll. „Vielleicht sollten wir mal das Haus von Maxis Vater einer Überprüfung unterziehen. Immerhin ist Maxi an dieser Adresse noch immer polizeilich gemeldet."

Die beiden Männer fuhren den alten Pfad auf den Kapuzinerberg hoch.

„Im Winter möchte ich da nicht hinauf." Siler zuckte zurück, als der Wagen fast an eines der steinernen Tore schrammte, welche den Kapuzinerberg bewachen. „Dann ist dieser Weg sicher eine einzige Eisplatte."

„Stimmt, letzten Winter hat sich einer der Kapuzinermönche hier den Oberschenkelhals gebrochen, als er sein Gemüse hinauf in die Klosterküche tragen wollte."

Die Steile des Pfades versetzte die beiden Männer in Spannung. Den Rest des Weges blieben sie stumm.

Das änderte sich, als Richer die große Villa erblickte. „Toller Schuppen", ereiferte er sich, „so etwas hätte ich auch gerne."

Die Kommissare schlichen sich von zwei Seiten an das Haus heran, kamen aber zu spät. Das Geräusch ihres Motors hatte die Hausbewohner gewarnt, da sich nur selten Autos auf den Kapuzinerberg wagen. Siler sah noch zwei Gestalten im Gebüsch hinter dem Haus verschwinden. Das Gestrüpp am Kapuzinerberg war so dicht und der Hang hinter dem Haus so steil, dass Siler bald einsah, dass eine Verfolgungsjagd zwecklos war.

Ganz abgesehen davon, dass er es langsam satt hatte, atemlos auf Salzburger Stadtbergen herumzuturnen.

„Dann sehen wir uns eben das Haus an."

Die beiden Polizisten schritten staunend durch die großen Räume der Villa und verliebten sich auf der Stelle in den Panoramablick auf die schönste Stadt der Welt. Das war Salzburg nämlich in ihren Augen, zumindest aus dieser Perspektive. Dann machten sie sich an die Arbeit und durchsuchten das Haus. Sie entdeckten zwei benutzte Betten und Hinweise auf insgesamt drei Männer.

„Jetzt haben wir also die Räuberhöhle gefunden. Drei Kumpane, die Salzburg unsicher machen. Einer davon ist wohl unser Maxi. Ich wette meine nächste Beförderung darauf, dass Gerser der zweite ist. Bleibt noch ein geheimnisvoller Dritter, um unser Triumvirat der Mörder komplett zu machen."

„Wenn die zu dritt agiert haben, dann erklärt das, warum Sie uns bis jetzt an der Nase herumführen konnten. Wenn wir gerade dem einen auf der Spur waren, hat einer der anderen zugeschlagen."

„Hinter all dem steckt wahrscheinlich der Plan eines Rädelsführers. Unser geheimnisvoller Dritter, der die beiden Verrückten auf die von ihm ausgewählten Opfer angesetzt hat."

30.

Die Glasenbacher waren indigniert. Es war kein gutes Jahr gewesen.

Seit fast fünfzig Jahren trafen sie sich zu ihrer jährlichen Gedenkfeier auf dem Kommunalfriedhof. Aber wie sollten sie diesmal ihre Feier durchführen, wo doch ein Flugzeug das Kriegerdenkmal zerstört hatte, welches das Zentrum der ganzen Zeremonie darstellte? Noch dazu hatte in diesem Flugzeug ihr

Vereinspräsident gesessen, die Seele ihrer Organisation. Rittmeister von Seektsein hatte die Glasenbacher mit straffer Hand zusammengehalten. Nun war er tot. Das brachte die ganze Hierarchie durcheinander, und Hierarchie war nun mal eine wichtige Sache.

Der „Verein der Glasenbacher" bestand aus ehemaligen Angehörigen der Deutschen Wehrmacht und Männern der SS. Einige Mitglieder der Leibstandarte Adolf Hitler waren dabei und engagierten sich sehr, das Andenken an ihre Heldenzeit hochzuhalten. Nach außen hin traten die Glasenbacher als Mitglieder des Kameradschaftsbundes in Erscheinung, der in jedem kleinen Ort in Österreich eine Sektion hat. Man konnte sagen, die Glasenbacher waren überall.

Ihren Namen leiteten sie vom Lager Glasenbach in Salzburg-Süd ab. 1945 hatten die siegreichen Amerikaner Salzburg zu ihrer Österreich-Kommandantur erhoben und die riesige Siezenheim-Kaserne westlich der Stadt errichtet. Von dort aus koordinierten sie zehn Jahre lang ihre Aktivitäten als Besatzungsmacht. Als sie abzogen, übergaben sie die Kaserne samt militärischem Gerät dem österreichischen Bundesheer. Für die vielen Nationalsozialisten und SS-Männer, die sie aufgegriffen und verhaftet hatten, errichteten sie das Lager Glasenbach am südlichen Rand der Stadt. An sich eine wunderschöne Gegend. Für die alten Nazis stellte es aber nach dem verlorenen Krieg den Gipfel der Demütigung dar. Hier sollten sie Demokratie lernen, wurden zu Mitgliedern einer zivilen Gesellschaft umerzogen. Man zeigte ihnen Bilder der Überlebenden des KZ Mauthausen, die Verbrechen der Wehrmacht im Vernichtungskrieg im Osten und klärte sie über all das auf, was Hitler und seine Paladine den Menschen angetan hatten. Äußerlich gesehen funktionierte die Umerziehung. Die SS-Männer und die Wehrmachtssoldaten waren Gehorsam gewohnt und passten sich schnell dem neuen Regime an. In Wirklichkeit aber glaubten sie den Amerikanern kein Wort und hielten das ganze Gerede über Gräueltaten für Feindpropaganda. Hitler war für sie nach wie vor der Größte. Den Krieg hatte er nur aufgrund der Übermacht der Feinde verloren. Schuld an der Niederlage waren die Verräter in den eigenen Reihen, die Saboteure, die Angehörigen des Widerstands. Diesen Abschaum verachteten die Glasenbacher aus tiefstem Herzen.

Das monatelange, für manche jahrelange Lagerleben hatte einen von den Amerikanern keineswegs beabsichtigten Effekt. Es schweißte die Überlebenden der geschlagenen Armee umso enger zusammen, je mehr ihnen die Amerikaner den Nationalsozialismus madig machen wollten. Die Angehörigen der alten Elitetruppen wurden so zu einer neuen Elite geformt. Bald war es ein Ehrentitel, Glasenbacher zu sein. Denn hier wurden nur diejenigen interniert, die im alten Regime etwas zu sagen gehabt hatten.

Die Glasenbacher wurden zu einer Seilschaft, die ganz Österreich wie ein unsichtbares Spinnennetz durchzog. Die Vereinsmitglieder halfen sich gegenseitig, wo immer sie konnten. So stiegen die nach dem Krieg Verfemten still und heimlich in führende Positionen im Österreich der Nachkriegszeit auf. Die Entnazifizierung im Lager Glasenbach führte zu einer heimlichen Neu-Nazifizierung des Landes. So musste die sozialistische Regierung in den siebziger Jahren erstaunt feststellen, dass sie viele SS-Männer in den eigenen Reihen hatte.

Die Glasenbacher waren also nicht irgendwer. Sie verstanden sich nach wie vor als Elite des Landes. Was Macht und Einfluss betraf, waren sie das auch.

Die Stellvertreter des toten Rittmeisters berieten, was nach der Zerstörung des Kriegerdenkmals zu tun sei.

„Es hilft nichts, wir müssen unsere Gedenkfeier verschieben, bis am Kommunalfriedhof wieder ordentliche Zustände herrschen.“ SS-Standartenführer Rundgött war für Abwarten.

„Das können wir unseren Mitgliedern nicht zumuten, Standartenführer", entgegnete Hauptscharführer Dietlich. „Die haben alle einen vollen Terminkalender und mussten sich unsere Gedenktage im Juni seit Monaten freihalten. Die bekommen wir nie wieder an einem Termin zusammen. Wenn wir verschieben, ist die Feier eine halbe Sache. Wir können sie ja auf dem Platz vor dem Friedhof abhalten."

„Auf einem Parkplatz? Sie sind nicht ganz bei Trost, Dietlich. Wie stehen wir dann da? Da nimmt uns ja niemand mehr ernst."

„Dann müssen wir die Feier wohl ausfallen lassen", mischte sich Sturmbannführer Wolgahrt ins Wort. „Einige unserer wichtigsten Mitglieder sind ohnehin verhindert."

„Wieso das denn?"

„In unseren Reihen gibt es heuer eine absonderliche Häufung von Trauerfällen. Viele von uns sind mit bedauerlichen Krankheits- und Todesfällen beschäftigt."

„Kein Wunder, die alte Kriegergeneration stirbt langsam weg. Darum müssen wir unser Gedankengut ja rechtzeitig an unsere Kinder weitergeben, damit diese die alten Fahnen hochhalten."

„Bedauerlicherweise scheinen die letzten Todesfälle gerade unsere Kinder zu betreffen."

„Weil die nicht gedient haben, haben sie keinen Mumm in den Knochen. Alle verweichlicht, beim ersten Windhauch fallen sie um wie die Fliegen."

„Mag sein, dass dies alles Zufall ist. Nachdenklich stimmt es mich allemal."

„Ich bin trotz allem dafür, möglichst schnell ein provisorisches Denkmal zu errichten und unsere Gedenkfeier wie geplant durchzuführen", befand Dietlich salomonisch.

Der Vorschlag des Hauptscharführers fand die Zustimmung der anderen.

31.

Maxi und Gerser rangen nach Luft. Über Schleichwege waren sie zum Gipfel des Kapuzinerbergs geeilt. Als sie sich überzeugt hatten, dass niemand ihnen folgte, stiegen sie den Weg bergab, der vom Franziskischlössl hinunter nach Gnigl führt. Fast wären sie in ein paar Gämsen gelaufen, die sich am Berghang an frischen Kräutern labten und die zwei Dauerläufer kurz anstarrten, ehe sie das Weite suchten. Die Tiere waren vor Jahrzehnten auf dem Berg eingebürgert worden und gediehen prächtig. Von Gnigl aus schlugen Maxi und Gerser sich zu den Ausläufern des Gaisbergs durch, des Hausbergs der Salzburger. In dessen Wäldern würde sie aufgrund der Weite des Geländes niemand mehr finden.

„Das war ja eine tolle Idee mit deiner Villa", schimpfte Gerser, als er endlich wieder zu Atem gekommen war. „Ich wusste, du würdest mir die Polizei auf den Hals hetzen. Die hatten dich wahrscheinlich schon die ganze Zeit im Visier."

„Maxi weiß nicht, wieso Polizei kommt."

„Und mit deinem dämlichen Gefasel kannst du jetzt auch aufhören. Wir wissen beide, dass du nicht behindert bist."

„Aber ich habe mir jahrelang angewöhnt, so zu reden. Ich glaube, ich kann gar nicht mehr anders."

„Na, das klingt doch schon viel besser. Ich weiß übrigens auch, dass du deinen Vater umgebracht hast."

„Der hat nichts anderes verdient. Moral predigen und Unkeuschheit treiben, das können die Pfaffen, seit es Pfaffen gibt. Habe ich dir schon davon erzählt?"

„Sei still, ich will es gar nicht wissen. Kann es mir vorstellen. Mir reicht vollkommen, was die Stadtpolitiker mir angetan haben. Sie werden alle dafür büßen, einer nach dem anderen."

„Willst du die ganze Stadtregierung auslöschen?"

Gerser hüllte sich in beredtes Schweigen.

Nach einiger Zeit wechselte er das Thema. „Hast du die letzte Ansprache von Faissauer gehört? Sehr inspirierend, die Sache mit der Kreuzigung. Hätte dir so eine komplizierte Aktion gar nicht zugetraut."

„Ich war das nicht, wie oft soll ich dir das noch sagen. Der Stein hat sich aus der Felswand gelöst und ist dem Mönch auf den Kopf gefallen."

„Komm schon, Maxi, wir alle wissen, wie sehr du die Männer der Kirche hasst. Der Mönch ist dir doch gerade recht gekommen. Warum du allerdings an Faissauer so einen Narren gefressen hast, versteh ich wirklich nicht."

„Es ist nicht, weil er Priester ist. Es ist das, was er sagt. Er hat mir beigebracht, für Recht und Rache zu sorgen. Er hat mir den zornigen Gott des Alten Testaments gezeigt. Den verstehe ich. Die Missstände auf der Welt gehören mit allen Mitteln ausgemerzt. Seitdem geht es mir besser. Seit ich meine Wut herauslasse, fühle ich mich gesund."

„Na, dann wollen wir doch mal sehen, welche Inspirationen Faissauer diesmal für uns hat. Wir treffen ihn um fünf Uhr in der Kollegienkirche."

„Ein guter Treffpunkt. Niemand wird sich wundern, wenn er einen Pater und zwei Mönche in einer Kirche beten sieht."

„Vorher muss ich noch was im Schloss Mirabell erledigen."

„Dann sollten wir uns aber beeilen."

Die beiden schlichen zu einer Holzhütte im Wald und holten daraus zerschlissene Kapuzinerkutten hervor, die sie vorsorglich darin versteckt hatten. „Mönche haben auch ihre Vorteile", grinste Gerser, „besonders, wenn sie ihre alten Gewänder unbeaufsichtigt herumliegen lassen, die frierende Obdachlose gut brauchen können." Nachdem sich die beiden die Kittel übergestreift und die Kapuzen tief in die Stirn gezogen hatten, machten sie sich auf den Weg zurück in die Stadt.

32.

Endlich tat sich etwas. Siler und Richer waren guter Dinge. Sie hatten drei Mörder so gut wie aufgespürt und würden bald als Retter der Stadt bejubelt werden.

Zur Feier des Tages gönnten sie sich einen Eiskaffee auf der Dachterrasse des Hotels Stein.

„Das ist wirklich der schönste Ort weit und breit." Siler ließ seine Blicke rundum schweifen. Das Hotel Stein liegt direkt an der Salzach oberhalb der Staatsbrücke. Auf seinem sechsten Stockwerk gibt es eine große Terrasse mit Kaffeehausbetrieb. Dort sitzen die Gäste auf gleicher Höhe mit den Dächern der Altstadt und haben die Türme der vielen Kirchen zum Greifen nahe. „Fassen wir zusammen, was wir bis jetzt herausgefunden haben. Gerser hat den Archäologen umgebracht und wahrscheinlich auch die Frau aus Uttendorf. Maxi hat den Mönch auf dem Gewissen und den Erzieher aus Oberrain. Ralmer und den Pfleger haben sie sich wohl gemeinsam zur Brust genommen."

„Rache ist das Motiv?"

„Ja, aber die Sache ist komplexer. Teils suchen sich die beiden Verrückten Opfer aus, die ihnen tatsächlich etwas getan haben – Ralmer, den Erzieher, den Pfleger. Teils stehen die Opfer für jemand anderen: der Mönch für Maxis bigotten Vater, der Archäologe für die verhasste Stadtpolitik und die Frau aus Uttendorf – da sollten wir noch etwas nachforschen."

„Nicht zu vergessen der Dritte im Bunde, der die beiden angestiftet hat. Der hat die Ideologie für die Morde geliefert. Was hat der für Gründe, Salzburg in Schutt und Asche zu legen?"

„Es muss jemand sein, der sich mit Gerser im Hass auf die Stadt einig ist. Und es muss jemand sein, der Zugang zur Nervenklinik hat."

„Ein Arzt?"

„Ich glaube kaum, dass Maxi und Gerser irgendeinem Arzt vertrauen."

„Ein Anwalt?"

„Maxi und Gerser haben keinen Anwalt."

Richer grübelte lange nach: „Ein Priester vielleicht?"

„Volltreffer!" applaudierte Siler. „Ich hätte da einen Kandidaten."

Er erzählte Richer von der seltsamen Ansprache des Begräbnispfarrers, die Siler bei der Bestattung des Pflegers vernommen hatte. Noah hatte ihn unlängst darauf aufmerksam gemacht, dass Faissauer in letzter Zeit immer seltsamer würde. Faissauer hatte offensichtlich einen abgrundtiefen Hass auf das säkularisierte Salzburg und wollte die Herrschaft der Kirche mit Feuer und Schwert wiedererrichten. Siler hatte recherchiert, dass Faissauer in der Nervenklinik aushalf, wenn die Krankenhausseelsorger überlastet waren. Er war mehrmals auf der Geschlossenen gewesen. Wohl um dort seine Fußtruppen für den Heiligen Krieg zu rekrutieren.

„Wo finden wir diesen fanatischen Priester?"

„Noah", Siler schlug auf den Tisch. „Noah wird das wissen."

33.

Auf keiner Postkarte von Salzburg darf der kitschige Blick fehlen, den man vom Schloss Mirabell auf die Stadt hat. Auf einem Hügel neben dem Schloss stehen täglich Touristen und bannen alles ins Bild: das schmiedeeiserne Schlosstor, den Pegasusbrunnen, die Mirabellgärten und die Altstadt mitsamt der Festung. Dieses wunderbare Panorama war allerdings nicht für die Fotografen der Gegenwart geplant worden, sondern für Salome Alt, die Geliebte des Erzbischofs Wolf Dietrich. Dieser ließ seiner Gespielin das Schloss errichten, worauf sie ihm fünfzehn Kinder gebar, die auf Mirabell aufwuchsen. Im Barock galt das Zölibat wohl nur für niedere Geistliche, die Bischöfe hielten sich große Familien, und niemand nahm daran Anstoß. Als Wolf Dietrich entmachtet wurde, behielt Salome Alt das Schloss und blieb eine der wichtigen Damen der Stadt.

Später ging die Schlossanlage in den Besitz der Stadt über. Heute ist hier der Sitz des Magistrats, und in Salome Alts Prunkräumen residieren der Bürgermeister und seine Stadträte.

Im ersten Stock befindet sich der Marmorsaal, einer der beliebtesten Trauungssäle der Welt. Täglich schließen hier Brautpaare aus Salzburg, aber auch aus ganz Europa, Japan und Amerika den Bund fürs Leben. Oder fürs halbe Leben, statistisch gesehen.

Der größte Andrang für Trauungstermine herrscht traditionellerweise im Mai. So waren die Trauungsbeamten auch im Mai 1992 voll ausgebucht und fertigten die Brautpaare ab wie am Fließband. Nach vollzogener Trauung strömten die frisch Verheirateten hinaus zum Pegasusbrunnen. Auf diesem steht ein geflügeltes Pferd aus Kupfer. Es verheißt den Höhenflug, den Brautpaare in den Flitterwochen nehmen, bevor sie in der harten Realität des Ehealltags landen und auf dem Standesamt erst wieder erscheinen, wenn sie ihre Ehe annullieren lassen.

Am Pegasusbrunnen war also einiges los. Drei Brautpaare samt Anhang hatten sich um ihn herum für ihre Hochzeitsfotos postiert, und die Fotografen hatten alle Mühe, nicht die falschen Leute ins Bild zu bekommen. Bald würde die nächste Braut aus dem Schlosstor treten.

Diese küsste gerade vor dem Marmorsaal ihren frisch Angetrauten. Dann gingen die beiden die breite Marmortreppe hinunter. Sie duckten sich unter dem Regen aus Reiskörnern, welche von ihren Freunden und Verwandten über sie geworfen wurden. Unten angekommen, zog die Braut den Bräutigam in Richtung Ausgang.

Sie kam nicht weit. Als sie unter der großen Balustrade hindurchgehen wollte, fiel ihr ein Männerkörper vor die Nase. Der Kopf prallte auf das steinerne Pflaster. Es knirschte hässlich, als die Schädelknochen splitterten. Eine Fontäne aus Blutstropfen und kleinen Gehirnteilen spritzte auf das weiße Kleid der Braut.

Die Leute am Pegasusbrunnen hörten den gellenden Schrei und blickten zum Schlosstor. Aus diesem rannte die völlig entgeisterte Frau. Ihr Kleid war jetzt rot und gelb gesprenkelt. Ohne Halten rannte sie in den Mirabellgarten, ihr Bräutigam hinterher. In der Mitte des Mirabellgartens stürzte sie sich schließlich kopfüber in den großen Brunnen der vier Elemente. Als sie sich das Wasser aus den Augen strich, blickte sie auf die Statue der Persephone, die von Hades in die Unterwelt entführt wird.

Richer und Siler beendeten rasch ihren Kaffeeplausch auf der Steinterrasse. Da es vom Hotel Stein nicht weit bis zum Mirabellgarten ist, waren sie rasch zur Stelle. Die Leiche des Ermordeten – es musste sich um Mord handeln – lag mit dem zerschmetterten Gesicht nach unten auf dem Steinboden. Der Körper war von einer weiten Kapuzinerkutte eingehüllt. Siler drehte die Leiche um und versuchte, den Toten zu identifizieren, was beim Zustand des Gesichts einigermaßen schwierig war.

„Ich würde wetten, dass das Gerser ist."

„Das denke ich auch."

Den beiden war die Lust aufs Kaffeetrinken vergangen. Wieder keinerlei Hinweise, niemand hatte den Täter gesehen, und es konnte auch keiner gefunden werden. Richer wollte zunächst die ganze Hochzeitsgesellschaft in Untersuchungshaft nehmen. Als er aber die heulende, durchnässte Braut sah, kam er davon ab. Würde sich nicht gut machen, wenn am nächsten Tag in der Kronenzeitung stünde, dass die Salzburger Polizei unschuldigen

Bräuten den schönsten Tag im Leben versaut. Obwohl, versaut war der in dem Fall ohnehin.

In dieser aussichtslosen Lage half nur ein geordneter Rückzug in die Polizeidirektion, wo sich die beiden in ihrem Zimmer verbarrikadierten. Als ihnen bald darauf der Gerichtsmediziner bestätigte, dass es sich bei dem Toten um Gerser handelte, waren sie am Boden zerstört.

„Soviel zu unserer Theorie vom mörderischen Triumvirat", grantelte Richer. „Ich nehme nicht an, dass Gerser sich selbst ermordet hat."

„Doch, es könnte Selbstmord gewesen sein. Immerhin war Gerser verrückt. Vielleicht hat er in einem lichten Moment die Sinnlosigkeit seines Treibens eingesehen. Und er hat sich das Schloss Mirabell, den Sitz des Bürgermeisters, für seinen finalen Abgang ausgesucht, um die Stadtväter auch durch seinen Tod noch zu ärgern."

„Dann wäre er aber dem Bürgermeister vor die Füße gesprungen und nicht einer unschuldigen Braut."

„Da hast du auch wieder recht."

„Es könnte aber auch Streit zwischen den drei Mördern gegeben haben. Bankräuber bringen sich gegenseitig um, wenn keiner die Beute teilen will. Vielleicht will hier einer den Ruhm nicht teilen, der große Vernichter dieser Stadt zu sein."

„Wie auch immer, wir sollten diesen Faissauer vernehmen, bevor der uns womöglich auch noch draufgeht."

34.

Dr. Mortin saß mit strengem Blick über seinen Büchern. Noahs Chef war Inhaber der Bestattung Mortin, und er nahm seinen Job ernst. Da waren die Listen der Toten und die Aufstellungen der Angehörigen. Es war vermerkt, wer welchen Betrag zu zahlen hatte, damit die Begräbnisse glatt über die Bühne gingen und keine Grabstätten aufgelöst wurden. Nur uninformierte Geister konnten glauben, dass mit dem Tod das Leben endet. Für Dr. Mortin fing damit alles erst an. Der Friedhof schenkt den Menschen gleichsam ein zweites Leben. Solange der Mensch ein Grab hat, lebt er im Gedenken der Angehörigen weiter, das wussten schon die alten Ägypter. Erst wenn das Grab aufgelöst oder zerstört wird, stirbt der Mensch endgültig. Dann werden die Knochen der Verblichenen mitleidslos im Massengrabhügel am Ende des Kommunalfriedhofs verscharrt.

Die Angehörigen sollten sich also nicht so anstellen und brav ihre Begräbnisse bezahlen. Nur wer ein Grab hat, ist ein Mensch, dies war Dr. Mortins Devise. Wer eine Familiengruft sein Eigen nennt, der gehört zur eingesessenen Salzburger Gesellschaft. Hatten nicht die Etrusker und die Karthager eigene Totenstädte gebaut? Was fanden schon die Archäologen von den alten Kulturen, wenn nicht die Gräber? Stammte nicht alles Wissen über die Antike aus den Sarkophagen und den darin enthaltenen Grabbeigaben?

Die menschliche Kultur begann mit der Bestattung. Kultur ist Grabkultur. Davon war Mortin überzeugt. Vielleicht hatte dies mit seiner Ausbildung als Ethnologe zu tun. Als Student hatte er sich voller Begeisterung auf die Riten der amerikanischen Indianer gestürzt, hatte die Totentempel der Maya und die Mumien der Inkas erforscht. Aber was tut man, wenn man nicht sein ganzes Leben in Südamerika verbringen will? Man sucht sich einen Job in Salzburg, der zumindest irgendwie mit Riten und Ritualen zu tun hat. Da kam ihm das väterliche Bestattungsunternehmen gerade recht.

Mortin übernahm den Betrieb, als sein Vater das Zeitliche segnete. Als Bestatter wurde man nicht reich, aber man hatte sein gesichertes Auskommen. Die Sterberegister, in die er nun Einblick hatte, boten aber das ideale Material für das, was ihn wirklich interessierte. Die Geschichte des Landes, welche sich in seinen Grabbräuchen und Todeszahlen widerspiegelt. Die Sterbelisten boten die perfekten Daten für ethnologische Forschung im eigenen Land.

Die offizielle Geschichtsschreibung konnte vieles übersehen, die Fremdenführer rührselige Märchen über Stadt und Land erzählen, die nichts mit der Wirklichkeit zu tun hatten. Die Sterbelisten aber waren unerbittlich und zeigten die nackte Realität, erzählten von dem, was tatsächlich geschehen war. Wolf Dietrich, der edle Erbauer des barocken Salzburg – in Wirklichkeit ein Hurenbock und Menschenverächter, der Tausende auf dem Gewissen hatte. Die goldene Epoche der Mozartzeit – ein grausames Zeitalter, in welchem die meisten Kinder früh starben, der Großteil der Salzburger als Protestanten vertrieben und der Rest durch ausbeuterische Adlige zu Tode geschunden worden war. Und die Zeit des Tausendjährigen Reiches, die nur zwölf Jahre gedauert hatte, die war gewissermaßen der Höhepunkt für jemanden, der den Tod erforscht. Da gab es noch viel zu entdecken, was hinter den wunderschönen Fassaden der Stadt vor sich hin faulte.

Aus seiner Zeit in Amerika wusste er, dass mit dem Tod gar nichts endet. Die Indianer glauben, dass die Toten mitten unter uns sind. Die Toten sorgen für Gerechtigkeit, kümmern sich um begangenes Unrecht, spenden Rat. Dem Gericht der Toten kann niemand entkommen, jede Verfehlung muss gesühnt, jeder Mord bezahlt werden. Eben darum war es wichtig, die Toten in Ehren zu halten, damit man nicht von ihnen verfolgt wird. Dies machte Mortins Job so bedeutsam, bedeutsamer als viele Menschen glaubten.

Wie kamen so viele Österreicher zu der törichten Ansicht, die Vergangenheit wäre vorbei, wenn man nur nicht mehr darüber redet und schreibt? Das Gegenteil ist wahr. Die meisten Vorgänge in Österreich kann man nur dann richtig verstehen, wenn man sie im Licht der Schatten der Vergangenheit betrachtet.

Mortin saß an der Quelle. Er wusste, warum die Menschen starben. Das konnte er aus den Aufzeichnungen über die Todesursachen herauslesen:

Ein Rechtsanwalt, der sich erschoss, nachdem er seine Klienten um Millionen betrogen hatte.

Ein reicher Geschäftsmann, der an Krebs starb, nachdem ihn seine ausgebeuteten Lieferanten verflucht hatten.

Ein begabter Schauspieler, der vom Untersberg stürzte, damit sein Konkurrent endlich die guten Rollen bekam.

Was Mortin zwischen den Zeilen seiner Sterbeformulare lesen konnte, war spannender als jede Zeitung, als alle Journale und Fernsehnachrichten zusammen.

Der Tod ist unerbittlich. Vor ihm bleibt keine Rechnung unbezahlt. Er sorgt für das Gleichgewicht, das die Welt zusammenhält. Und deswegen würde geschehen, was geschehen musste.

35.

Pater Faissauer und Oberst Schmalzl saßen im Tomaselli und tranken Kaffee. Das war nichts Außergewöhnliches für zwei Männer, die in Salzburg etwas zu sagen hatten. Das Tomaselli auf dem Alten Markt ist das gediegenste Kaffeehaus der Stadt. Jeder, der Rang und Namen hat, kommt hier zumindest einmal am Tag vorbei, um die Zeitungen zu lesen und einen Einspänner, einen großen Braunen oder einen Cappuccino zu trinken. Es gibt keinen besseren Ort in Salzburg, um Neuigkeiten zu erfahren, Geschäfte anzubahnen oder Beförderungen anzuleiern.

Dass die zwei Männer an einem Tisch saßen, konnte also auch Zufall sein. Außer Kommissar Siler hätte niemand Verdacht geschöpft, aber der war nun mal nicht da. Schmalzls verkrampfte Körperhaltung und Faissauers grimmige Miene hätten aber einem aufmerksamen Beobachter signalisiert, dass hinter dem Smalltalk der Männer Bedeutsames im Gange war.

Faissauer blickte von seinem Journal auf und sprach Schmalzl an: „Herr Oberst, Sie verstehen doch, es ist von äußerster Wichtigkeit, dass die Zeitungen aus der Sache herausgehalten werden, nicht wahr?"

Schmalzl nickte dienstbeflissen: „Ja ja, niemand ist mehr daran interessiert als ich, dass die Sache mit den Morden nicht weiter aufgebauscht wird, da können Sie sich ganz auf mich verlassen."

„Schließlich soll ja auch keiner erfahren, dass Sie Ihre Doktorarbeit der Jurisprudenz eins zu eins von einem Diplomanden aus Graz abgeschrieben haben. Ich habe mir in der Universitätsbibliothek beide Arbeiten angesehen und kann nur sagen: So etwas von Ähnlichkeit. Wie die Zufälle des Lebens so spielen."

„Von der anderen wissenschaftlichen Arbeit wusste ich nichts, ich bin nur zu denselben Schlüssen gekommen wie der Grazer." Schmalzl machte einen halbherzigen Versuch einer Rechtfertigung, war aber dabei nicht sehr überzeugend.

„Nun, ich bezweifle, dass eine Kommission der Universität das auch so sehen würde. Ihren Doktorhut könnten Sie sich dann wohl an die Wand malen. Und das wäre gar nicht gut für Ihre Stellung als Leiter der Kriminalabteilung, gar nicht gut."

„Ist ja gut, ich tu ja, was Sie wollen. Ich bremse meine Kommissare, wo ich nur kann. Ich streiche ihnen alle Ressourcen. Ich gebe ihnen keine Helfer. Ich halte sogar Beweise zurück und mache mich damit strafbar. Das ist mehr, als Sie verlangen können."

„Guter Kommissar, braver Kommissar", grinste Faissauer diabolisch und machte eine Handbewegung, als wollte er ein Schoßhündchen streicheln. „Also wir verstehen uns. Nicht nervös werden, wenn in der nächsten Zeit noch so einiges drunter und drüber geht." Faissauer war nicht scharf darauf, dass die Journalisten das Wort des Herrn verdrehten und verfälschten. Das war seine Bühne, und diesmal würden sie ihm nicht die Schau stehlen.

„Warum machen Sie das?" fuhr Schmalzl ihn in einem kurzen Anflug von Mut an.

„Dass ich Sie an Ihre Doktorarbeit erinnere? Nun es interessiert mich halt, wie ein Polizeioberst zu seinen Meriten kommt, was ist daran falsch?"

„Das meine ich nicht. Warum bringen Sie Leute um?"

„Ich bringe doch keine Leute um. Das ist völlig unter meiner Würde. Sagen wir so: In dieser Stadt ist vieles faul und dem Tode geweiht. Sie verträgt ein reinigendes Gewitter. Ich sorge nur dafür, dass sich die Blitze an der richtigen Stelle entladen."

„Sie stiften andere zum Morden an?"

„Mein guter Schmalzl, was Sie sich da zusammenreimen. Menschen sterben, und Menschen morden. Das war schon immer so. Begräbnisse kommen und gehen. Ich bin nur der Priester, der die Ansprachen hält."

Als Faissauer seinen Kaffee bezahlt hatte und gegangen war, wischte Schmalzl sich den Schweiß von der Stirn. Er war in einer aussichtslosen Lage. Um seiner Karriere willen hatte er sich von einem Pfarrer erpressen lassen. Bei Dr. Ralmer hatte er noch geglaubt, man würde sowieso nichts finden und sich nicht viel dabei gedacht, als er Siler den Fall wegnahm. Nun wurde es aber mit jedem Mord schlimmer, und Schmalzl würde als Verbrecher dastehen, wenn man seine Machenschaften entdeckte. Es blieb ihm nichts anderes übrig, als weiter zu vertuschen.

Denn Faissauer dachte offenbar nicht daran, mit dem Morden aufzuhören.

36.

Immer wenn es galt, eine neue kreative Phase seines Handelns einzuleiten, ging Faissauer in die Berge. Die kühle Luft, der Duft der würzigen Alpenkräuter, die klare Aussicht – all das inspirierte den Priester und reinigte seinen Geist von den Schlacken des Alltags.

Es war wieder so weit. Er brauchte eine Auszeit. Die erste Phase des Gewitters war über die Stadt gekommen und gut verlaufen. Faissauer war zufrieden. Aber jetzt musste er seine sieben Sinne und seine Intuition schärfen, um zu erahnen, was der Herr als Nächstes von ihm erwartete.

Faissauer hatte sich den Schmittenstein ausgesucht, einen Berg mittlerer Höhe, fünf Kilometer östlich der Salinenstadt Hallein. Von dort oben gibt es eine herrliche Aussicht auf das Alpenvorland, und auf die war Faissauer erpicht.

Der Schmittenstein besteht aus einem Felsplateau, welches auf allen Seiten steil zum Tal hin abfällt. Er ist nur über zwei Grate zu erreichen, und das macht den Aufstieg spannend. Achtsamkeit ist geboten, denn nicht nur die Menschen lieben den Berg, sondern auch Kreuzottern und Sandvipern.

Von der Stadt Salzburg aus betrachtet sieht der Schmittenstein aus, als wäre er eine größere Ausgabe der Festung Hohensalzburg. Angeblich sollen die pfiffigen Salzburger dem Feldherrn Napoleon erklärt haben, da drinnen in den Bergen hätten sie noch eine weitere schwer bewaffnete Burg. Von diesen Aussichten und dem Anblick des Schmittensteins abgeschreckt, zog Napoleon es vor, die Salzburger sich selbst zu überlassen und einen anderen Weg durch die Berge zu nehmen. Diesen Wechsel der Marschroute bezahlte ein gewisser Andreas Hofer in Tirol mit dem Leben.

Es war also ein guter Ort, um über das Schicksal seiner Landsleute zu befinden. Wie Moses auf dem Berge Sinai würde

Faissauer droben stehen und die Befehle des Herrn entgegennehmen. Dann würde er ins Tal zurückkehren, und den Salzburgern erklären, dass sie wie die Kinder Israels aufhören mussten, das goldene Kalb des Gottes Mammon anzubeten.

Die Salzburger waren schließlich wie die Kinder, einfachen Gemüts, ungezogen und voller Unwissenheit, was die Sünde anbelangt. Sie brauchten eine starke Hand, die Hand Gottes, die sie aus dem Sumpf der Sünde herausführen würde.

Maxi und Gerser hatten sich führen lassen. Sie hatten die Zeichen an der Wand gesehen und waren zur Tat geschritten. Zwei verlorene Schafe hatten zur Herde Gottes zurückgefunden, und er, Faissauer, war ihr Hirte. Darauf war er stolz.

Aber dieser Oberst Schmalzl, der war ein seltsamer Vogel. Zwar hatte Faissauer ihn dazu bewegen können, dem Irrsinn der Presse Einhalt zu gebieten, welche die Menschen durch Schauergeschichten auf den falschen Weg des Bösen führt. Die Journalisten interpretierten die Macht des Todes völlig falsch und machten den Menschen Angst, statt sie zum Licht zu führen. Die Journalisten verstanden nicht, dass das Sterben der Beginn des Lebens ist und dass ein rascher Tod die Rettung der Seele bedeutet. Die Zeitungen ergötzten sich an den Morden, statt die Befreiung des Ermordeten zu sehen, der sich für seinen Glauben geopfert hat.

Der Handel mit Schmalzl war in Ordnung – sein Schweigen für Faissauers Schweigen.

Aber wie konnte der gute Polizeioberst glauben, Faissauer wolle wirklich selbst Menschen ins Jenseits befördern? Ein völlig abwegiger Gedanke. Warum sollte ein Priester dem Herrn ins Handwerk pfuschen, wenn dieser das doch selbst viel besser, gezielter und sinnvoller bewerkstelligen konnte?

Oh Herr, gib jedem seinen eignen Tod, hatte Rainer Maria Rilke so treffend gedichtet. Jeder Tod ist ein Kunstwerk, vom Herrn von langer Hand geplant, geschrieben im Buch des Lebens. Jeder Tod ist ein Symbol, welches den Angehörigen den richtigen Weg weisen soll. Das hatte Faissauer bei seinen Ansprachen wieder und wieder erklärt.

Warum also sollte er die Symbole des Herrn ändern oder zerstören wollen? Seine Aufgabe war es, die Menschen aufzuwecken, bevor das große Strafgericht kam. Und ohne Zweifel hatte der Herr viel mit Salzburg vor, dem neuen Babylon, das nicht hören wollte, was die Propheten zu sagen hatten.

Dort oben auf dem Berg würde Faissauer meditieren und erkennen, welches Strafgericht als Nächstes über die Stadt käme. Darauf freute er sich.

Faissauer schritt mächtig aus, um rasch sein Ziel zu erreichen. Ein nicht ungefährliches Unterfangen, denn er befand sich auf dem steilen Grat, den man überwinden muss, um das Felsplateau des Schmittensteins zu erreichen.

Als ihm eine Kreuzotter den Weg versperrte, versuchte er auszuweichen. Aber dafür war kein Platz, denn links und rechts führten steile Schotterhalden in die Tiefe. Als ihn die Schlange in den Unterschenkel biss, verlor er das Gleichgewicht, kullerte sich mehrmals überschlagend den Hang hinunter und blieb in einem Wald oberhalb der Tauglbachklamm liegen. Den Rest von Leben, den die Schläge auf seinen Kopf ihm gelassen hatten, beseitigte das Gift der Schlange.

Der Herr hatte seine Seele gerufen.

Sein Körper wurde nie gefunden.

37.

Noah hatte genug von den Leichen des Kommissars Siler und den Verhörmethoden seines Kollegen. Er war heilfroh, der Polizei zum zweiten Mal aus den Handschellen geschlüpft zu sein. Da lobte er sich doch seine eigenen Leichen. Die waren brav und machten ihm keine Schwierigkeiten. Schließlich hatte er ja noch anderes zu tun, als den Sündenbock für die Mordfantasien der Kommissare zu spielen.

Es war höchste Zeit, die Toten zu waschen und anzukleiden, die in den letzten Tagen liegengeblieben waren. Hätten die Polizisten Noah noch länger festgehalten, dann wäre das Gebäude der Bestattung Mortin wegen des Verwesungsgeruchs von den Nachbarn gestürmt worden.

„Der sieht aber etwas lädiert aus", schmunzelte Peter und legte eine Leiche auf den Waschtisch, deren Gliedmaßen grotesk nach allen Seiten verdreht waren.

„Der ist in die Mischmaschine geraten, als er sie säubern wollte", klärte ihn Noah auf. „Dummerweise hat er das bei laufendem Motor gemacht. Da wurde er von den Querstreben der Trommel erfasst, in die Maschine hineingezogen und so lange herumgeschleudert, bis er das Zeitliche gesegnet hat."

„Muss eine große Mischmaschine gewesen sein, wie es sie am Bau gibt. Was wohl seine letzten Worte gewesen sind?"

„Nicht einschalten, ich bin in der Misch... masch... misch... masch... misch... masch..."

„Geh Noah, mit deinen alten Witzen holst du aber keinen Toten mehr aus dem Grab."

„Will ich ja gar nicht, die sollen schön drin bleiben, wie es sich gehört." Noah brauchte nur ein bisschen gesunde Arbeit, schon kehrte sein Galgenhumor zurück.

„Na dann wollen wir ihn mal ausziehen." Peter streifte der Leiche das Hemd über den Kopf, was bei der bereits eingesetzten Leichenstarre etwas anstrengend war. Das Hemd strich so knapp über das Gesicht, dass es die Lider des Toten öffnete.

„Du Noah, schau, der lebt noch. Nein, süß, wie er mir in die Augen blickt."

Noah schüttelte nur den Kopf und schloss die Augen des Toten wieder, diesmal hoffentlich für immer. Dann griff er nach dem Totengewand, mit welchem er die Leiche neu einkleiden wollte: „So, jetzt bitte die Arme hochhalten, ja, genau so, danke sehr.“ Noah bog die Arme der Leiche nach oben, und aufgrund der teilweisen Totenstarre blieben sie problemlos in dieser Haltung, so dass Noah ihr das neue Hemd überstreifen konnte.

„Noah, stopp, Kommando zurück, ich glaube, der hat einen Herzschrittmacher.“

„Scheiße, das hätte ich fast übersehen.“ Da der Tote sich testamentarisch für eine Feuerbestattung entschieden hatte, konnte man den Schrittmacher nicht an Ort und Stelle belassen, denn das Metall hätte den Ofen des Krematoriums ruiniert. „Mist, jetzt können wir ihn zurück auf die Pathologie bringen, damit die den Schrittmacher herausoperieren.“

„Wozu solche Umstände?“ Peter griff zu einem Fleischermesser, stach in die Brust des Toten und werkelte darin herum. „Da haben wir ja das gute Stück“, posaunte er stolz und hob das kleine Metallteil in die Höhe. „Ist aber nicht das neueste Baujahr, das hätte man ohnehin austauschen müssen.“

„Na, die Operation hat sich der gute Mann erspart. Bei uns geht so was viel schneller als auf der Chirurgie. Die darf übrigens nichts von deiner gesetzlosen Metzgerei erfahren. Du weißt doch, wir sind nicht befugt, Eingriffe an Leichen vorzunehmen.“

„Muss ja keiner wissen“, beschwichtigte ihn Peter und nähte den Schnitt mit schnellen Stichen zu. „Die Ärzte sind uns diese Arbeit an den Toten sowieso nicht neidig, die haben genug mit den Halbtoten zu tun.“

Nachdem die Leiche ordnungsgemäß angekleidet war, betrachteten die Bestatter zufrieden ihr Werk. Noah ging zum Kühlschrank und holte zwei Flaschen daraus hervor, die er an der Kante des Waschtisches fachgerecht entkapselte.

„Magst auch eine Cola?“ Noah reichte dem Kollegen eine Flasche über den Tisch. Peters Hand war verkrampft von der verbotenen Operation und rutschig vom Leichenblut. So fiel ihm die Flasche aus der Hand. Der braune Saft ergoss sich auf das weiße Hemd des Toten.

„Du Trottel, jetzt können wir wieder von vorne anfangen", schimpfte Noah und trank zur Beruhigung einen Schluck. Im nächsten Moment prustete er lachend drauflos, und der Saft aus seinem Mund ergoss sich als Sprühregen über die braunen Rinnen und Flecken und die weißgebliebenen Stellen auf dem Hemd.

„Sieht wie ein modernes Kunstwerk aus", meinte Peter anerkennend. „Wir könnten den Mann im Haus der Moderne am Mönchsberg ausstellen, da ginge er glatt als Aktionsinstallation von Otto Mühl durch."

„Man könnte das Ganze noch mit etwas Leichensaft veredeln ..."

38.

Die beiden Bestatter kamen nicht dazu, ihr Kunstwerk zu vollenden. Es läutete, und Kommissar Siler stand vor der Tür.

„Na, wollen Sie uns etwa eine neue Leiche liefern?" spottete Peter. „Wäre nicht nötig gewesen, denn wir sind der Abholdienst. Wir holen die Toten frei Haus."

„Sehr witzig, ihr Flaschen." Siler war gar nicht zum Spaßen zumute, obwohl er sich fragte, was die leeren Colaflaschen in den Händen der Bestatter zu bedeuten hatten. „Ich will jetzt auf der Stelle wissen, wo wir den Begräbnispfarrer finden."

„Normalerweise in seiner Wohnung im Stift St. Peter. Aber ich fürchte, Sie werden dort kein Glück haben."

„Wieso?" fragte Siler erstaunt.

„Na, wir wollten schon eine Suchmeldung rausgeben. Gut, dass Sie da sind, jetzt sparen wir uns den Weg zur Polizei."

„Für Vermisstenanzeigen sind die Wachstuben zuständig, nicht die Mordkommission. Wollen Sie andeuten, dass Pater Faissauer verschwunden ist?"

„Genau das. Er hätte in den letzten Tagen bei drei Begräbnissen die Ansprachen halten sollen und ist nicht aufgetaucht. So was ist noch nie passiert. Faissauer hat schon viel versäumt, eine Ansprache aber noch nie. Es muss ihm etwas zugestoßen sein."

„Sie meinen wohl, er hat sich aus dem Staub gemacht."

„Warum sollte er das tun?" Jetzt war es an Noah, erstaunt zu sein.

„Lesen Sie keine Krimis?" belehrte ihn Siler. „Wenn sich die Schlinge um den Hals des Mörders zieht, dann sucht er meist das Weite."

„Sie verdächtigen Faissauer eines Mordes?"

„Nicht nur das, laut unserer Erkenntnisse ist Faissauer der Kopf einer Bande, die all die Morde der letzten Zeit auf dem Gewissen hat."

„Wie kommen Sie auf die absurde Idee?"

„Sie haben mich doch auf die aggressiven Predigten des Priesters aufmerksam gemacht. Von da an war es nur ein kleiner Schritt, ihn, Gerser und den verrückten Maxi eines Komplotts zu überführen."

„Das mit den Verrückten ist gut, denn ich dachte mir schon, dass Faissauer langsam verrückt wird. Aber Mord, nein, das kann ich mir nicht vorstellen."

„Was Sie sich vorstellen können, ist mir schnurzpiepegal. Helfen Sie mir lieber, den Priester zu finden."

„Liebend gerne, aber wir sind vor Ihrem Eintreffen angerufen worden. Ein Selbstmörder hat sich vor die Westbahn gestürzt. Wenn wir den nicht schnell von den Schienen kratzen, steht dort der Verkehr für Stunden still."

Siler verließ die Bestattung unverrichteter Dinge. Interessant, dass sich der Priester gerade jetzt aus dem Staub gemacht hat, wo man ihm auf die Schliche gekommen war. Jemand musste ihm etwas gesteckt haben. Gab es einen Spion in den Reihen der Polizei?

Siler traf sich mit Richer, der inzwischen Faissauers Lebensgeschichte durchleuchtet hatte. Es gab nicht viel zu berichten. Siler musste zugeben, dass er keine Ahnung hatte, wo sich Faissauer befand, und Richer äußerte kleinlaut, dass Faissauers Lebenslauf nicht viel hergab.

„Eine völlig unauffällige Priesterlaufbahn, Bodo. Wollte immer schon Pfarrer werden. Hat das Theologiestudium in Salzburg in Rekordzeit absolviert. Keine Frauengeschichten, keine ledigen Kinder, keine Homosexualität, nichts. War als Begräbnispfarrer sehr beliebt, weil er sehr gründlich und umsichtig vorging. Das hatte er vielleicht von seinem Vater, der Offizier bei der Wehrmacht war."

„Bei der Deutschen Wehrmacht?"

„Ich glaube, es war die SS."

„Komischer Zufall. War nicht auch Ralmer bei der SS?" grübelte Siler.

„Das müsste ich nochmals überprüfen. Aber das ist lange her. Ich glaube nicht, dass solche Zufälle für unsere Mordaufklärung von Bedeutung sind."

„Stimmt, Stefan. Unser viel größeres Problem ist, dass von unseren drei Mördern zwei nicht zu fassen sind. Einer kann nichts mehr sagen, und der andere will offenbar nicht."

„Die Fahndung nach Faissauer hat bisher nichts ergeben. Aber vielleicht wird er ja doch noch aufgegriffen."

„Einen Moment." Siler ging ans Funktelefon des Polizeiwagens. Als er den Hörer wieder auflegte, strahlte er Richer an: „Dann müssen wir uns eben in der Zwischenzeit an den guten Maxi halten. Den haben die Kollegen von der Bahnhofswachstube gerade geschnappt."

39.

Wie man sich denken kann, war Schmalzl erleichtert darüber, dass die Fahndung nach Faissauer zu keinem Ergebnis geführt hatte. Richer hatte ihm dies kurz zuvor am Telefon berichtet. So bestand die Hoffnung, dass sein Erpresser vielleicht nie wieder auftauchen würde. Schmalzl brauchte dann keine Beweise mehr zu unterschlagen, und sein Verrat an den Kollegen würde nie publik werden.

Ab jetzt würde sich Schmalzl peinlich genau an die Vorschriften halten. Er würde ab sofort ein Muster von einem Vorgesetzten sein.

Um ganz auf Nummer sicher zu gehen, holte Schmalzl einen Stapel loser Papiere aus einem verschlossenen Schreibtischfach. Er stellte seinen größten Aschenbecher auf den Tisch und verbrannte sie darin.

Jetzt war ihm nichts mehr nachzuweisen. Die unterschlagenen Beweise waren vernichtet. Und über den Rest würde Gras wachsen, wenn Faissauer sich ins Ausland abgesetzt hatte, was Schmalzl hoffte.

Als er sich bequem zurücklehnen und zur Feier seiner Entlastung eine Havanna anzünden wollte, wurde er von der Chefsekretärin gestört: „Herr Oberst, ein Herr Kolrad von der Staatspolizei ersucht dringend, Sie sprechen zu dürfen."

Kaum hatte die Sekretärin dies in der Tür stehend verkündet, wurde sie rüde zur Seite geschoben, und ein furchteinflößend dreinblickender Mann mit Stoppelglatze betrat Schmalzls Büro.

„Gestatten, Kolrad, Staatspolizei, aber ich brauch mich ja nicht mehr vorzustellen. Händigen Sie mir sofort alle Unterlagen zur Salzburger Mordserie aus."

„Wieso sollte ich das tun?" Schmalzl wischte erschrocken die Asche rund um den Aschenbecher weg. „Ohne einen schriftlichen Befehl meiner Vorgesetzten brauche ich Ihnen gar nichts auszuhändigen."

„Okay, nennen wir es anders. Sie machen jetzt Kopien von allen Protokollen Ihrer Kommissare und geben mir diese Kopien mit. Ihre Vorgesetzten werden davon nichts erfahren, versprochen."

„Ich riskier doch nicht meine Karriere wegen so eines unsittlichen Ersuchens."

„Da wäre ich mir mal nicht so sicher. Wie uns aus verlässlicher Quelle bekannt ist, haben Sie einen gewissen Herrn Faissauer über alle Ermittlungen auf dem Laufenden gehalten. Meines Wissens war der aber kein Mitglied der Mordkommission."

Schmalzl wurde bleich. War wohl nichts mit der Befreiung von Schuld und Sühne. Jetzt war Schadensbegrenzung angesagt. Die Staatspolizei würde früher oder später sowieso alles in die Hände bekommen. Wenn er jetzt Wohlverhalten zeigte, ließ man ihn vielleicht in Ruhe.

Er bot Kolrad eine Havanna an, und beide pafften genüsslich, während die Sekretärin die Kopien anfertigte.

40.

„Nein, Maxi kein Mörder. Keein Möööörder!"

Maxi schrie den Satz heraus so laut er konnte und hörte nicht auf, ihn zu wiederholen. Richer hielt sich die Ohren zu und kniff die Augen zusammen, als würde gerade ein Presslufthammer gegen seine Schädeldecke gehalten.

Siler aber ließ sich nicht aus der Ruhe bringen: „So, Herr Maximilian Krautthaler, Sie können jetzt mit dem Theater aufhören. Wir glauben Ihnen ja, dass Sie nicht ganz dicht im Kopf sind, aber behindert oder dumm sind Sie nicht. Dazu haben Sie bereits zu viel auf dem Kerbholz."

„Ich bin kein Mörder, das müssen Sie mir glauben." Auf einmal sprach Maxi in normalem Ton und ganzen Sätzen.

„Na also, es geht doch. Nachdem Sie jetzt offenbar Ihren Verstand wiedergefunden haben, erzählen Sie uns, wie Sie und Gerser die Morde begangen haben."

„Für Gerser kann ich nicht sprechen. Ich jedenfalls bin an keinem der Todesfälle schuld."

„Das können Sie Ihrer Großmutter erzählen. Sie hatten das Motiv und die Gelegenheit für den Mord an Bruder Ambros und an Erzieher Schoisgern. An einem Tatort haben wir Sie erwischt, und für die andere Tat haben Sie kein Alibi."

„Nochmals, ich habe niemanden umgebracht. Aber ich war da, ich war bei fast allen Morden anwesend. Ich habe alles gesehen."

„Na bitte, endlich geben Sie es zu", mischte sich Richer ins Verhör ein. „Dann erzählen Sie schon, was Sie gesehen haben."

„Wissen Sie, ich streife gerne durch die Stadt. Die Pfleger auf der Station können mich nicht halten, und sie versuchen es gar nicht mehr. Manchmal merken Sie nicht einmal, dass ich weg bin, weil ich oft nach einer Stunde schon wieder zurückkomme. Meine Wanderungen brauche ich, um meine Wahnideen in Schach zu halten. Eine innere Unruhe treibt mich immer dorthin, wo gerade etwas Wichtiges geschieht. Meine Visionen sind so etwas wie ein sechster Sinn. Ich spüre, wenn in der Stadt etwas Gewalttätiges passiert, und das zieht mich magisch an."

„Na, da kommen wir der Sache schon näher. Was haben Sie denn gespürt?"

„Es begann mit Dr. Ralmer. Ich musste seine Wohnung aufsuchen, weil mich eine Vision verfolgte, in der er erwürgt wurde. Als ich an seiner Wohnungstür ankam, war diese verschlossen, und er öffnete trotz meines Läutens nicht. Stattdessen hörte ich drinnen ein Poltern und Zappeln, so als kämpfe jemand um sein Leben. Dann war es still. Niemand kam heraus. Da lief ich zurück zur Nervenklinik."

„Und Sie sind sich sicher, dass Ihre Vision nicht durch Ihre eigenen Hände Wirklichkeit geworden ist?"

„Wie hätte ich denn durch die verschlossene Tür kommen sollen?"

„Sie kommen ja auch aus der verschlossenen Nervenklinik heraus."

„Das ist etwas anderes. Dort kenne ich alle Winkel und alle Tricks, vor Ralmers Wohnung war ich zum ersten Mal."

„Okay, lassen wir das mal so stehen. Was haben Sie als Nächstes beobachtet?"

„Unserem Pfleger Leitser folgte ich an seinem Todestag, da er damals eine so schlechte Aura hatte, dass mir angst und bang wurde. Ich war etwa fünfzehn Meter hinter ihm, als er sich über die Brüstung über dem Karajanplatz beugte. Plötzlich war da eine schwarze Rauchwolke, und er stürzte vornüber. Ich lief sofort zur Brüstung, aber da war nichts mehr zu sehen. Nur Leitsers aufgeschlagener Körper unten im Steinbruch."

„Aha, da ist er wieder, der berühmte Schatten. Sag mal Bodo, hast du schon einmal gehört, dass zwei Menschen dieselbe Halluzination haben?"

„Ich glaube eher, dass Maxi der alten Frau das Ganze eingeredet hat."

„Sie müssen mir ja nicht glauben", protestierte Maxi. „Wie Sie richtig bemerkt haben, bin ich nur ein armer Verrückter, der seine Sinne nicht beieinander hat. Also lassen Sie mich endlich gehen."

„Na na, nicht so schnell mit den jungen Pferden. Was war mit Bruder Ambros?"

„Ich machte wieder mal meinen Mönchsbergspaziergang und befand mich gerade über dem Stift St. Peter, als ich spürte, dass da unten jemand in Gefahr war. Ich rannte über die Festungsstiege hinunter und sah Bruder Ambros dort stehen. Ich ahnte, dass einige Steine in der Wand locker waren, und hastete die Stiege zu den Katakomben hoch, um das Ärgste zu verhindern. Als ich oben ankam, hatte sich ein Stein schon gelöst und Ambros getroffen."

„Das ist ja eine höchst fantastische Geschichte. Die entspringt wohl eher Ihren Visionen, als dass sie etwas mit der Wirklichkeit zu tun hat."

„Haben Sie vielleicht eine bessere Erklärung oder Beweise für etwas anderes?"

Richer musste passen. „Okay, was war mit der Dame aus Uttendorf?

„Da war ich nicht dabei. Gerser hat mir nur erzählt, dass die Frau von einem schlimmen Vorfall wusste, der mit der Geschichte der Stadt zu tun hat. Er ist ein paarmal zu ihr hingefahren, um zu erfahren, was in Salzburg zu Kriegsende geschehen ist. Mehr hat er mir nicht erzählt."

„Gut, das glauben wir Ihnen. Der Mord an der Frau war wohl Gersers Werk. Bleibt noch der Mord an Falco Langhini."

„Gerser regte sich fürchterlich über die Verschandelung des Residenzplatzes auf. Er wollte mir diese grässlichen Waschbetonplatten zeigen. Als wir dort ankamen, sahen wir Langhini am Rand des Brunnenbeckens sitzen. Plötzlich fiel er hintenüber in den Brunnen und war verschwunden. Ich zitterte am ganzen Körper, weil ich eine bedrohliche Kraft spürte. Gerser lief zum Brunnen, um sich zu überzeugen, was geschehen war. Dann stand er plötzlich auf dem obersten Brunnenbecken und schrie wie ein Wahnsinniger. Wahrscheinlich hatte er aufgrund seiner Erregung einen schizophrenen Schub. Das kam bei ihm öfter vor."

„Und mit diesem Schub hat er Langhini unter Wasser gedrückt. Okay, das glauben wir Ihnen auch."

„Nein, das hat er nicht. Langhini war schon fünf Minuten im Brunnen verschwunden, als ihn Gerser erreichte."

„Na dann war er eben kurz bewusstlos, und dann hat Gerser den Rest besorgt. Nächster Mord."

„Wie Sie sich vielleicht vorstellen können, habe ich den Erzieher Schoisgern aus tiefstem Herzen gehasst. Ich kann Ihnen gerne erzählen, was er mir alles angetan hat. Ich habe Jahre darauf gewartet, dass er in Salzburg auftaucht. Als ich spürte, dass er in der Stadt ist, habe ich ihn überall gesucht und in der Nähe von Schloss Leopoldskron endlich gefunden. Ich wollte ihn zur Rede stellen, ihm all das an den Kopf werfen, was er an mir verbrochen hat. Er sah mich von weitem kommen und lief davon, immer den Almkanal entlang. Als ich ihn fast erwischte, rutschte er aus und fiel in den Kanal. Ich konnte ihm nicht mehr helfen und sah nur noch, wie er im Berg verschwand."

„Gut, beruhigend, dass Sie wenigstens zugeben, dass Sie am Tod des Erziehers schuld sind."

„Ich bin nicht schuld, es war ein Unfall. Jahr für Jahr ertrinken Leute im Almkanal, weil man sie nicht mehr rechtzeitig herausziehen kann, wenn sie hineinfallen. Bei der schnellen Fließgeschwindigkeit ist selbst die Feuerwehr machtlos."

„Schuldig oder nicht schuldig, das werden wir noch herausfinden. Und was war mit Ihrem Freund Gerser im Schloss Mirabell?"

„Das weiß ich nicht."

„Ich dachte, Ihr sechster Sinn hat Sie zu allen Morden geführt?"

„Ich hatte schon ein ungutes Gefühl, aber Gerser wollte mich nicht dabeihaben, als er zum Schloss ging. Er sagte, das müsse er alleine erledigen."

„Und dann ist er von jemandem erledigt worden. Dieser Jemand hieß nicht zufällig Maximilian?"

„Glauben Sie, was Sie wollen, ich kann Ihnen nur die Wahrheit sagen. Ich beruhigte mich an diesem Tag damit, dass wir uns ohnehin gleich wieder bei Pater Faissauer treffen würden."

„Aha, Sie geben zu, dass Sie sich mit Gerser und Faissauer verschworen haben?"

„Wieso verschworen? Wir waren nur gute Bekannte. Keiner von uns hat sich etwas zuschulden kommen lassen. Faissauer war unser guter Geist. Er hat uns zugehört und uns moralisch aufgebaut. Er hat das Unrecht verstanden, das man mir und Gerser angetan hat. Im Gegensatz zu den Psychiatern hat er uns nicht für verrückt erklärt. Durch sein Verständnis ließ unser Wahnsinn auch langsam nach."

„Er hat Sie zu nichts angestiftet?"

„Ich sagte doch schon, wir haben nichts getan, weder ich noch Gerser. Faissauer hat uns nur ermutigt, unserer Wut eine Stimme zu geben und wieder an uns selbst zu glauben. Klar wollte er uns zu guten Katholiken machen. Aber das war uns egal. Mehr weiß ich nicht. Kann ich jetzt endlich gehen?"

„Ja, aber einstweilen nur zurück in Ihre Zelle, bis wir Ihre Angaben überprüft haben."

Als Maximilian abgeführt worden war, schauten sich Siler und Richer lange an. Beide atmeten mit einem Seufzer aus. Was sie gehört hatten, überforderte sie, so sehr widersprach es ihrem rationalen Weltbild.

„Was meinst du, Bodo?"

„Schwer zu sagen. Entweder ist dieser Maximilian ein ausgebuffter Schwindler, was er ja mit seiner jahrelangen Behindertennummer genügend unter Beweis gestellt hat."

„Oder?"

„Oder er ist tatsächlich ein übersinnlich begabtes Medium, und die Dinge haben sich so zugetragen, wie er es uns erzählt hat. Dann haben wir ein Problem, ein großes Problem."

„Dann sollten wir beide in die Frühpension gehen."

„Eine verlockende Vision.“

„Manchmal haben auch Polizisten Visionen.“

„Die schneller Realität werden, als man glaubt.“

„Genau.“

„Quod erat demonstrandum.“

„Was?“

„Vergiss es.“

41.

Sektionschef Dietlich gefiel sein Büro. Es war zweifellos eines der schönsten im Innenministerium. Die Ölgemälde aus der Zeit der Kaiserin Maria Theresia unterstrichen die Bedeutung des Chefs der Staatspolizei, des treuen Dieners der österreichischen Republik. Niemand interessierte sich dafür, dass er einmal Hauptscharführer der SS gewesen war. Das war so lange her, da krähte kein Hahn und nicht einmal irgendein Schmierenjournalist mehr danach.

Sein Aufstieg in das hohe Staatsamt hatte durchaus Vorteile. Dietlich hätte ja lieber im Dritten Reich Karriere gemacht, aber da dieses untergegangen war, bot auch die österreichische Demokratie viele Möglichkeiten, Macht und Einfluss auszuüben.

Für einen Mann von seinem Kaliber war die Leitung der Staatspolizei der ideale Posten. Hier konnte er nach Lust und Laune bespitzeln lassen, wen immer er wollte. Niemand würde ihn bremsen oder auch nur Argwohn schöpfen. Im Dritten Reich hatte jeder Angst vor der Gestapo gehabt. Im Österreich der Nachkriegszeit waren sich die Leute nicht bewusst, dass sie Angst vor der Staatspolizei hätten haben müssen. Eine getarnte Macht war eben viel effizienter als eine ungeschminkte.

Aufgrund seiner Spitzel war Dietlich über alles informiert, was in Salzburg vor sich ging. Agent Kolrad hatte ihm die Protokolle der Mordkommission gebracht. Für das bevorstehende Treffen mit Minister Rundgött und Staatssekretär Wolgahrt war er also gut gerüstet. Hier im Ministerium in Wien verwendeten die drei Männer natürlich nur ihre offiziellen Titel. Dietlich war der Herr Sektionschef, Rundgött der Minister für Inneres, und Wolgahrt der Staatssekretär im Justizministerium. Ihren militärischen Rang aus der SS-Zeit benötigten sie hier nicht, und über ihre Funktion im Verein der Glasenbacher verloren sie auch nicht viele Worte. Wenn von Zeit zu Zeit ein Journalist lästig wurde und in ihrer Vergangenheit herumschnüffelte, dann ließen sie ihre Beziehungen zu den Chefredakteuren spielen. Aus den groß angekündigten Enthüllungsstorys wurde dann gar nichts.

Die Glasenbacher waren eben überall. Die für die Kontrolle über Österreich so wichtigen Justiz- und Innenministerien hatten sie fest in der Hand. Was Rundgött nicht bei der Polizei regeln konnte, das erledigte Wohlfahrt durch Weisungen an die Staatsanwälte. Dietlich lieferte den beiden anderen das für die Durchsetzung ihrer Interessen nötige Hintergrundwissen.

Der Minister eröffnete die Sitzung: „Mein lieber Dietlich, mein geschätzter Wolgahrt, Sie wissen, das Wohl unseres Landes liegt mir sehr am Herzen. Deshalb können wir nicht zulassen, dass in einer Stadt, die durch ihre Berühmtheit die Augen der Welt auf sich zieht, anarchische Zustände herrschen. Die Mordserie in Salzburg muss gestoppt werden. Wie Sie sich denken können, haben wir nicht die Zeit, uns von rechtsstaatlichen Bedenken aufhalten zu lassen. Dann würden die Morde so lange weitergehen, bis der Tourismus in Österreich Schaden nimmt. Außerdem können wir nicht zulassen, dass unsere Freunde von der SS der Reihe nach getötet werden. Meine Herren, wir haben die Diktatur und die Demokratie kennengelernt und uns in beiden Systemen bewährt. Die Diktatur ist überlegen im Durchsetzen rascher Entscheidungen, die Demokratie garantiert den

Ausgleich gesellschaftlicher Interessen. Es liegt an uns, die Vorteile beider Regierungsformen zu nutzen. Kollege Dietlich, klären Sie uns über die Lage in Salzburg auf."

„Herr Minister, die Sache steht nicht schlecht. Laut Analyse der Salzburger Polizei sind drei Männer für die Morde verantwortlich, zwei verrückte Schizophrene und ein fanatischer Priester. Sie nennen sich Gerser, Krautthaler und Faissauer. Mit Herrn Gerser, der den Salzburger Politikern seit Jahren ein Dorn im Auge ist, hat Agent Kolrad bereits kurzen Prozess gemacht. Der Salzburger Bürgermeister ist heilfroh, dass er diesen Querulanten endlich los ist. Sinnigerweise hat Kolrad ein Treffen im Salzburger Magistrat gewählt, um den Fall Gerser zu einem guten Ende zu bringen. Wobei *Fall* sehr wörtlich genommen wurde. Die Sache Faissauer hat sich irgendwie von selbst erledigt. Wie, das wissen wir nicht, aber der gute Priester ist seit einiger Zeit spurlos verschwunden. Ob sich die Mörder gegenseitig hinrichten oder noch eine dritte Partei ihre Hand im Spiel hat, das versuchen meine Agenten gerade herauszufinden. Bleibt noch der Fall Krautthaler. Den sollten wir schnellstmöglich erledigen, damit in Salzburg endlich Ruhe einkehrt. Friedhofsruhe sozusagen."

„Was schlagen Sie vor?"

„Krautthaler ist zurzeit in Untersuchungshaft. Die einfachste Möglichkeit wäre, die Staatspolizei übernimmt den Häftling aus Gründen der Staatssicherheit."

„Diese Lösung ist aber nicht sehr elegant", wandte Staatssekretär Wolgahrt ein. „Da werden meine Staatsanwälte neugierig, die Presse bekommt Wind von der Sache, und wir haben jede Menge Erklärungsbedarf. Wir könnten ihn zwar längere Zeit in Stein inhaftieren, bräuchten dafür aber einen Gerichtsprozess, bei dem alles Mögliche ans Licht kommen könnte. Ich bin dagegen."

„Die andere Möglichkeit ist, dass das Ministerium der Salzburger Polizei die Weisung erteilt, Krautthaler aus Mangel an Beweisen freizulassen. Wenn der Irre frei in der Stadt herumläuft, kann Agent Kolrad einen Todesfall inszenieren, der selbst dem Chefredakteur der Kronenzeitung Tränen der Rührung in die Augen treibt."

„Das gefällt mir schon besser", nickte Minister Rundgött zustimmend. „Meine Herren, wir sind uns also einig. Krautthaler wird freigelassen. Die Weisung gebe ich gleich hinaus. Dann wird er eines natürlichen Todes sterben. Salzburg soll ja voller steiler Wände sein, die man sehr leicht runterstürzen kann."

42.

Richer schäumte vor Wut. Diese überheblichen Politiker in Wien. Was wussten die von den Verhältnissen in Salzburg? Gaben einfach den Befehl, den Hauptverdächtigen freizulassen, aus Mangel an Beweisen. Ja, was glaubten die denn, wozu eine Untersuchungshaft gut ist? Damit man einen Fall untersuchen und die Beweise auftreiben kann. Aber nein, das Ministerium musste der Mordkommission in den Rücken fallen. Und Schmalzl hatte sein Rückgrat wieder mal an der Garderobe abgegeben, von dem war natürlich keine Unterstützung zu erwarten.

Jetzt war Maxi wieder in freier Wildbahn. Ob als Jäger oder als Beute, das würde sich bald herausstellen.

Maximilian hingegen konnte sein Glück nicht fassen. Er hatte wohl einen unsichtbaren Gönner, von dessen Existenz er nichts geahnt hatte. Vielleicht war die Welt nicht voller böser Menschen. Vielleicht gab es nicht nur böse Väter wie den seinen, sondern auch gute, welche die Söhne unterstützten. So wie Pater Faissauer.

Maximilian kam die Wut auf den Vater hoch. Er konnte nicht anders, er musste das Grab des Vaters auf dem Sebastiansfriedhof aufsuchen, musste wieder all das Unrecht herausschreien, das ihm widerfahren war.

Bald stand Maxi vor der Familiengruft und las die Inschrift: „Dr. Fabian Krautthaler, 1918-1991, Professor der Theologie". Die alte Wut auf den Vater war noch da, aber gleichzeitig standen Maxi Tränen in den Augen. In diesem aufgewühlten Zustand kippte er in einen Trancezustand, der ihn für Visionen öffnete.

Vor ihm befand sich das Grab des Vaters, hinter ihm das Mausoleum von Erzbischof Wolf Dietrich.

Plötzlich war es Maxi, als würde er von einem fremden Geist erfasst. Wie ein Medium wurde er das Sprachrohr dieses Fremden. Er war nicht mehr er selbst, er war der andere. Hauptsächlich wegen solcher Halluzinationen hatten ihm die Psychiater regelmäßig Haldol verschrieben.

Maxi richtete sich zu würdevoller Haltung auf, und seine Stimme, oder vielmehr die Stimme des anderen, hallte laut durch den Friedhof.

„Ich, Wolf Dietrich von Raitenau, Fürst und Bischof zu Salzburg, Cousin der Medici, Beherrscher der Lebenden und Herr der Toten spreche zu euch. Ich habe die alte Stadt zerstört, die neue erbaut und euch zu treuen Händen gegeben. Seit vier Jahrhunderten hüte ich sie und achte darauf, dass keiner mein Kunstwerk zerstört. Mit meiner Kraft habe ich das Genie Mozarts genährt, damit alle Welt nach Salzburg käme und mein Werk bewundere. Drei Jahrhunderte lang wurde mein Geist geachtet, und Salzburg stieg auf in den Kreis der schönsten Erdenstädte. Festspiele gab ich ihm, und von weither kamen die Menschen, um der Kunst zu huldigen. Nun aber wird mit Füßen getreten, was ich geschaffen. Die alten Häuser zerstört und entkernt, die barocken Fassaden zum Schein erhalten. Die Straßen besudelt von Imbissbuden und fremden Läden. Primitive Geschäfte, McDonalds und Nordsee, wagen es gar, eiserne Handwerkszeichen zu errichten, als wären sie immer schon da gewesen. Die alten Plätze zerfurcht, der Dom mit nackten Frauen behängt, als wären seine Türme Phallusse im Sündenbabel. Straßen, die ich großzügig gestaltet, verstellt mit Pappfiguren, die weithin sichtbar ihre Notdurft verrichten. Oh, mein Salzburg, was hat man aus dir gemacht? Aber glaubet nicht, ihr Verblendeten, ich würde dies Treiben länger erdulden. Schon als Fürst über die Lebenden habe ich mit strenger Hand geherrscht, um der Unzucht Einhalt zu gebieten. Auch jetzt, als Herrscher der Toten, werde ich so lange richten, bis ihr zur Vernunft kommt. Durch meinen Diener, der mir seine Stimme leiht, tue ich kund und zu wissen: An jedem verhöhnten Kunstwerke werde ich einen Missetäter seiner gerechten Strafe zuführen. So lange, bis die Stadt voller Leichen hänge, welche Mahnmale eurer Schande sein werden. Bis ihr zur Vernunft kommt. Die Wahl liegt bei euch. Die Wahl liegt ganz bei euch. So wahr ich Wolf Dietrich heiße."

Aus der Linzergasse strömten Leute auf den Friedhof, um zu sehen, wer da so laut schrie und was das zu bedeuten hatte. Die meisten dachten, es wäre ein Schauspieler, der einen originellen Gag für die Fremden aufführte. Einige riefen die Polizei und verlangten, dass der Amtsarzt käme, um dem Treiben des Verrückten ein Ende zu bereiten. Sie bekamen die Auskunft, dass der Verrückte nicht verhaftet werden könne, da er gerade freigelassen worden sei.

Kolrad zog sich unauffällig zurück. Als Maxi alleine und lautlos vor der Gruft gestanden war, hatte der Agent schon seine schalldämpferbesetzte Pistole gezogen. Aber jetzt waren zu viele Leute da. Schließlich wollte er kein Aufsehen erregen. Dafür hatte Maxi bereits zur Genüge gesorgt. Kolrad würde auf eine bessere Gelegenheit warten, um den treuen Diener Wolf Dietrichs zu seinem Herrn zu schicken.

43.

„Krautthalers Geschichten gehen mir nicht aus dem Kopf. Die ganze letzte Nacht habe ich kein Auge zugetan." Richer wirkte mitgenommen. „Wenn uns der Verrückte keinen Schmäh erzählt hat, dann ist unsere Mordserie nur eine Reihe von Unfällen und Zufällen. Das kann doch nicht sein. Wir können doch nicht die ganze Zeit so danebengelegen haben."

„Aber wir lagen ja von Anfang an daneben." Siler übte sich in Galgenhumor. „Unsere Thesen ändern sich mit jeder Wendung des Dramas. Beweise hatten wir von Anfang an keine. Wir haben nichts in der Hand, womit wir vor Gericht gehen könnten. Wen immer wir anklagen wollten, die Verteidiger würden genüsslich auf das Fehlen jeglicher Indizien hinweisen. Ganz abgesehen davon, dass der Staatsanwalt bei dieser Sachlage überhaupt keine Anklage erheben würde, gegen niemanden."

„Glaubst du, dass wir es tatsächlich mit Unfällen zu tun haben?"

„Das würde zumindest erklären, warum wir bis jetzt nichts gefunden haben außer Leichen, nach denen kein Hahn kräht."

„Du sprichst etwas Merkwürdiges aus, das wir bisher übersehen haben. Findest du es nicht seltsam, dass bis jetzt keine Angehörigen der Mordopfer aufgetaucht sind?"

„Vielleicht haben sie keine."

„Das glaube ich kaum. Wir alten Idioten haben nur vor lauter Hektik und weil wir von Mordaufklärung zu Mordaufklärung gehetzt sind völlig vergessen, nach den Angehörigen zu suchen."

„Na, dann tun wir das eben jetzt. Aber du hast recht. An dieser Mordserie ist alles sonderbar. Vom Fehlen der Beweise bis zum Fehlen der Angehörigen."

„Apropos vergessen, mir geht nicht aus dem Kopf, dass Frau Köster aus Uttendorf so gar nicht in das Schema der Morde passt. Sie ist die Einzige, die außerhalb der Stadt ermordet wurde, sie ist die einzige Frau, die Einzige, die nicht in der Stadt lebte. Was zum Teufel hat Gerser von ihr gewollt?"

„Maxi hat doch von einem Vorfall zu Kriegsende 1945 erzählt, wegen dem Gerser der Frau auf die Pelle gerückt ist. Da scheint ihn etwas mächtig aufgeregt zu haben. Und für die Frau war die Geschichte so unangenehm, dass sie sich von Gerser bedroht fühlte. Das ist vielleicht der Schlüssel zum Verständnis unserer Mordserie."

„Na dann ran an die Buletten. Machen wir unsere Arbeit, so wie wir es gelernt haben."

Den Rest des Tages verbrachten Siler und Richer in den Archiven und durchforsteten diverse Computerdateien. Nach vielen Stunden brauchten sie etwas frische Luft und spazierten zur Hellbrunner Allee, die von der Polizeidirektion aus rasch zu erreichen ist.

Siler fand den Anblick der jahrhundertealten Eichenbäume beruhigend. „Dieser Bischof Markus Sittikus war schon ein Feinspitz. Baut sich ein Lustschloss am Anifer Hügel, verbindet dieses durch eine kerzengerade Allee mit der Stadt und baut an dieser Allee noch sieben weitere Schlösser für seine Verwandten. So viel Kohle möchte ich auch mal haben."

„Hast du aber nicht. Und wegen dieser Schlösser gab es sowieso nur Ärger. Markus Sittikus machte sich wegen seiner Vetternwirtschaft unbeliebt und blieb nicht lange Bischof. Und wegen Freisaal, dem letzten dieser Schlösser, gingen die Salzburger vor zwanzig Jahren auf die Barrikaden, weil die Baulöwen die Wiesen rund um das Schloss zubetonieren wollten."

„Zu Lebzeiten unseres lieben Gersers?“

„Genau.“

„Wenn der Ärger mit einem Schloss so tödlich enden kann, habe ich lieber doch keines.“

„Eben.“

„Aber Spaß beiseite, was hast du herausgefunden, Stefan?“

„Die gute Frau Köster ist nicht so uninteressant, wie wir zuerst dachten. Sie lebte zwar in Uttendorf, ist aber in Salzburg aufgewachsen. Sie heiratete in den Pinzgau, um ihren Vater zu brüskieren, der ihr eine gute Partie in der feinen Salzburger Gesellschaft verschaffen wollte.“

„Gehörte ihr Vater zur feinen Gesellschaft?“

„Na immerhin war er Bezirkshauptmann. Nachdem seine Tochter mit dem einfachen Pinzgauer Bauerntölpel abgehauen war, wollte der Vater nichts mehr von ihr wissen. Was auf Gegenseitigkeit beruhte. Laut Schilderung ihrer Nachbarn ist Frau Köster seit zehn Jahren nicht mehr in der Stadt gewesen.“

„Also hat Frau Köster etwas mit der Stadt und ihrer Politik zu tun. Das führt uns zurück zu deiner These, dass der Mörder die gegenwärtigen Zustände in Salzburg nicht schätzt. Was wieder für Gerser spricht.“

„Aber der ist inzwischen selbst tot.“

„Da hast du auch wieder recht.“

Richer machte eine schöpferische Pause, als wäre er ein Tourist, der in der alten Allee seine Seele baumeln lässt. Dann legte er los: „Der gute Bezirkshauptmann hatte noch mehr drauf, als seiner Tochter auf den Geist zu gehen.“

„Spann mich nicht auf die Folter!“

„Folter trifft den Nagel auf den Kopf. Der Mann war zu Kriegsende Gestapo-Chef von Salzburg.“

„Wahnsinn, dann gibt es eine Reihe von Menschen, die ihn in schlechter Erinnerung haben.“

„In sehr schlechter Erinnerung.“

„Kein Wunder, dass solche Leute sich an nichts mehr erinnern wollen."

„Du sagst es."

44.

Es war Mitternacht. Der Friedhof war leer, seine Eingänge verschlossen. Einige Eichhörnchen und Schleiereulen gingen ihren Tätigkeiten des Sammelns von Nüssen und des Fangens von Mäusen nach. Niemand konnte mehr die Gräber aufsuchen, denn der Kommunalfriedhof war von hohen, unüberwindlichen Mauern umgeben. Am unbeschädigten Rand des Friedhofs brannten ein paar Kerzen in roten Gehäusen. Es war still. Man konnte sein eigenes Herz schlagen hören. Nur manchmal klang das Klagen der Käuzchen durch die Eichenbäume.

In einem Büro des Friedhofsgebäudes brannte noch Licht. Der Friedhofsverwalter hatte lange gearbeitet, um wieder Ordnung in die Reihen der Gräber zu bringen. Es war ja noch ein Glück, dass sein Büro in jenem Teil des Gebäudes lag, welches nicht vom Flugzeug zerstört worden war. Trotzdem war der Arbeitsaufwand enorm. In seiner Not hatte er seinen Freund Mortin gebeten, ihm zu helfen. Gemeinsam hatten sie Wochen gebraucht um herauszubekommen, welche Bestandteile des durcheinandergewirbelten Chaos man in welchem Grab würde bestatten können. Immer noch war die Herkunft vieler Leichenteile ungeklärt.

Immerhin hatte man in der Zwischenzeit das Flugzeugwrack entfernt und den großen Krater in der Mitte des Friedhofs eingeebnet. Es war Zeit, die spirituelle Welt der Seelen ins Lot zu bringen, das Gleichgewicht wiederherzustellen zwischen der Ober- und der Unterwelt.

Der Verwalter ging erschöpft nach Hause und hatte nichts dagegen, dass Mortin noch eine Weile weiterarbeite. Jetzt, da er allein und ungestört war, gedachte Dr. Mortin die Welt der Lebenden und der Toten wieder zu ordnen. Er verzichtete bewusst auf jede Hilfe von Priestern, denn mit katholischem Hokuspokus hatte er nichts am Hut. Er hatte vielmehr vor, sein ganz andersartiges Wissen einzubringen, welches er bei den Schamanen Nord- und Südamerikas gelernt hatte.

Mortin ging in die Mitte des Friedhofs, an jene Stelle, an der einst das Kriegerdenkmal gestanden hatte. Er stellte ein rundes Becken auf und füllte es mit Holzkohle. Diese brachte er zum Brennen, löschte das Feuer aber aus, sobald die Kohle zu glühen begann. Rauch stieg auf und hüllte die Dunkelheit noch weiter ein, so dass man kaum die Hand vor Augen sehen konnte.

Mortin wehte mit seinen Händen den Rauch nach oben, dann nach unten und dann in die vier Himmelsrichtungen.

„Geister des Feuers, ich vertraue euch an den vier Winden,
dem Wind des Südens, der das Leben bringt,
dem Wind des Nordens, der den Geist erneuert,
dem Wind des Ostens, der uns wachsen lässt und
dem Wind des Westens, der uns sterben lässt.
Ihr Winde, ich rufe euch,
lasst die Flammen der Seelen lodern
und aufsteigen zum großen Geist, der uns führt."

Mortin nahm einen Schluck aus einer mitgebrachten Wasserflasche und prustete in die vier Himmelsrichtungen:

„Geister des Feuchten, ich rufe euch aus den vier Wassern,
aus der Quelle, die uns entstehen lässt,
aus dem Bach, der uns mit klarem Nass erquickt,
aus dem Fluss, der uns der Bestimmung zutreibt,
aus dem Meer, das uns auffängt im Ziel des Großen.
Labt die Seelen der Toten, damit ihre Stimmen gehört werden von den Lebenden."

Danach stellte Mortin sich kerzengerade vor das Kohlenbecken, inhalierte den Rauch und blies Wasser nach oben, so dass er vom herabfallenden Sprühregen benetzt wurde. Er bildete mit Daumen und Zeigefingern ein Dreieck vor seinem Unterbauch, führte die Arme in großen Bögen nach oben, bis sich die Finger über seinem Kopf zu einem neuen Dreieck trafen.

Das wiederholte er dreimal.

„Großer Wakan-Tanka,
du nennst dich Alles-was-ist.
Nimm das irdische Zentrum unter meinem Nabel
und führe seine Energie
zum geistigen Zentrum über meinem Haupt.
Verbinde die Erde und den Himmel
und halte im Gleichgewicht
das Leben und den Tod."

Dann streckte Mortin seine Arme nach oben.

„Ihr Geister der Toten,
hört mich an.
Holt euch zurück euer Recht
an diesem entweihten Platz.
Kommt zurück in die Stätten des Gedenkens,
damit diese Stadt wieder eins wird
und frei von den Schatten der Vergangenheit."

Dann war Stille.

Die letzte Glut erlosch.

Der Rest des Wassers verdampfte auf den Kohlen.

Mortin kniete nieder und berührte den Boden mit der Stirn.

Dann verließ er den Friedhof.

Sein Treiben war nicht unbeobachtet geblieben.

Noah hatte sich hinter ein paar großen Eichen versteckt, da ihm sein Chef seit einigen Tagen merkwürdig vorkam.

„Was zum Teufel macht der da? Und was um Himmels willen will er damit erreichen?"

45.

„Was ich nicht verstehe, Stefan: Wie wird ein so junger Mann Gestapo-Chef von Salzburg?"

„Du hast recht, er war noch sehr jung damals. Er war auch die längste Zeit nur einfaches Gestapo-Mitglied, führte Verhaftungen und Verhöre durch, lieferte Juden aus und spürte Widerständler auf. Zimperlich war er dabei genauso wenig wie alle anderen in diesem grausamen Verein. In den letzten Kriegsmonaten ging es aber drunter und drüber. Die Nazis wurden immer paranoider, je näher der Zusammenbruch kam. Hitler ließ ständig Säuberungen durchführen, weil er nach dem Stauffenberg-Attentat überall Verräter vermutete. So wurde auch der Chef von Leutnant Muckentat – so hieß Frau Kösters Vater – an die Wand gestellt. Im April 1945 war Muckentat plötzlich Gestapo-Chef mit all der Verantwortung für die Sicherheit der Stadt."

„Na, in der kurzen Zeit kann er ja nicht viel angestellt haben", wandte Siler ein.

„Hast du eine Ahnung. Er war von Hitler persönlich beauftragt, die Zerstörung der Stadt in die Wege zu leiten. Alle Brücken und Häuser sollten gesprengt, die herrlichen Kirchen zerstört werden. Der Feind sollte von der wunderbaren Stadt nur mehr Schutt und Asche vorfinden."

„Da können die Salzburger ja froh sein, dass er nicht fähig war, diesen Auftrag auszuführen."

„Der war überhaupt nicht unfähig. Überall waren Sprengsätze gelegt. Die SS arbeitete mit der Gestapo zusammen und lag auf der Lauer, um die Bomben zu zünden. Sie warteten nur darauf, dass die Amis in der Stadt einrückten, denn sie wollten mit den Sprengsätzen möglichst viele Feinde mit in den Tod reißen."

„Warum können dann die Touristen heute noch die ganze Pracht und Herrlichkeit bewundern?“

„Das verdanken wir dem Stadtkommandanten Oberst Leppertinger, der sich Hitlers Befehl der verbrannten Erde widersetzte und mit den Amerikanern eine kampflose Übergabe der Stadt aushandelte. Die Gestapo wollte ihn noch als Verräter liquidieren, aber bei einem Oberst, der eine ganze Armee auf seiner Seite hat, ist das nicht so leicht.“

„Das war dann wohl eine knappe Angelegenheit?“

„Das kannst du laut sagen. In den letzten Kriegsstunden kam es in Salzburgs Straßen zu Gefechten zwischen der Armee einerseits, der Gestapo und der SS andererseits. So verpassten Muckentats Männer die Chance, rechtzeitig die Sprengsätze zu zünden. Als die Amerikaner anrückten, haben sie sich aus dem Staub gemacht.“

„Dann ging letzten Endes alles gut aus?“

„Nicht ganz, denn in einer Sache war Muckentat erfolgreich. Er ließ alle politischen Häftlinge und Zwangsarbeiter nach Mauthausen abtransportieren, dem letzten Konzentrationslager, das noch nicht in die Hände der Feinde geraten war. Von diesen kamen viele in den letzten Stunden des Krieges ums Leben, obwohl die Rettung in Form der US-Armee nur wenige Kilometer entfernt war.“

„Das also hat den guten Gerser so aufgeregt. Er hat Frau Köster für die Verbrechen ihres Vaters in Sippenhaft genommen und sie in einer Art Blutrache hingerichtet. Kein Wunder, wenn ihn schon ein paar Wiesen vor Freisaal auf die Barrikaden getrieben haben, dann war die geplante Zerstörung seiner geliebten Stadt wohl das größte Verbrechen, was er sich vorstellen konnte.“

„Apropos Zerstörung der Stadt, hast du schon von der letzten Vorstellung unseres Maximilian gehört?“

„Wieso, ist er wieder einer zufällig verunfallten Leiche hinterher geturnt?"

„Nein, diesmal hat er sich etwas anderes einfallen lassen. Er ist im Sebastiansfriedhof als Inkarnation von Erzbischof Wolf Dietrich aufgetreten. Die Touristen waren sehr beeindruckt. Ein Amerikaner wollte ihn vom Fleck weg für einen Mozartfilm engagieren."

„Und was gibt er als Wolf Dietrich so von sich?"

„Das passt genau zu unserem Thema. Wolf Dietrich beklagt sich über die Zerstörung der Stadt und droht mit weiteren Morden, wenn dem nicht Einhalt geboten wird."

„Das klingt fast so, als ob das Kriegsende in die Gegenwart versetzt worden wäre. Wolf Dietrich dreht sich im Grab um, weil sein Salzburg in Gefahr ist. Die Straßen der Stadt werden mit den Leichen derer gepflastert, die der Stadt Böses antun wollen. – Du, vielleicht hat Maxi diese Vision schon die ganze Zeit, und er und Gerser haben sich in diese paranoide Fantasie so lange hineingesteigert, bis sie die Feinde wirklich töten mussten, bevor diese die Stadt sprengten. Vielleicht hat Gerser sich als Inkarnation Wolf Dietrichs gefühlt und teilte diese Vision mit Maxi. Oder einer der beiden war Wolf Dietrich und der andere Salome Alt. Oder Wolf Dietrich ist auf Maxi übergesprungen, nachdem sein Freund gefallen war."

„So, jetzt hör aber auf. So etwas Verrücktes höre ich mir nicht länger an."

„Du vergisst, dass wir es mit Verrückten zu tun haben."

„Stimmt auch wieder. Aber dann ist es erst recht zum Verrücktwerden."

46.

Maxi war schlussendlich in der Psychiatrie gelandet. Freiwillig. Seine Vision eines vom Erzbischof Besessenen hatte ihn doch sehr angestrengt. Als er aus seiner Trance erwachte, lag er auf dem Boden und hatte Schaum vor dem Mund. Er benötigte dringend Ruhe, und die Betten in der Geschlossenen waren weich und bequem.

Nach einigen Tagen der Erholung, an denen Maxi unter hohen Dosen von Haldol und Psychopax dahindämmerte, kehrte seine Vision jedoch wieder und ließ ihm keine Ruhe. Er musste zurück zum Friedhof, um herauszufinden, was dort mit ihm geschehen war.

Am Sebastiansfriedhof angelangt, ging Maxi zum Eingang des Bischofsmausoleums. Er wusste, dass dieses leer war, aber er wollte sich von Angesicht zu Angesicht mit dem konfrontieren, was ihn vor Tagen hier überfallen hatte.

Der Eingang des Mausoleums stand im hellen Sonnenschein, dahinter waren im Halbdunkel schemenhafte Schatten zu sehen, die Maxi zu kennen glaubte. Dann sah er ihn: Der Bischof war in vollem Ornat gekleidet, mit hoher Mütze, Stab und Handschuhen. Fast fühlte sich Maxi in seine Kindheit zurückversetzt, als Nikolaus und Krampus zu ihm nach Hause gekommen waren. Dieser Nikolaus hier war zwar nur ein schattenhafter Geist. Dennoch streckte er die Hand mit dem Stab aus und deutete zur Altstadt in Richtung des Domes.

„Du willst, dass ich zum Dom gehe?" fragte Maximilian, und der Schatten nickte bedächtig.

„Gut, so sei es", antwortete Maxi, der sich inzwischen über gar nichts mehr wunderte. Verrückte hatten nun mal Visionen, und seine begannen ihm allmählich zu gefallen.

Zum Dom also, dachte er und ging durch die Linzergasse, über die Staatsbrücke, am alten Rathaus und am Alten Markt vorbei zum Dom.

„So, lieber Wolf Dietrich, da wären wir", dachte er laut, als er vorm Domeingang stand, der von den Statuen der Apostel Petrus und Paulus bewacht wird. „Und was soll ich jetzt hier?"

Er wartete auf eine nächste Eingebung, die sich aber nicht einstellen wollte. Da ihm langweilig wurde, rekapitulierte er im Geiste das, was er über den Dom wusste.

Der Salzburger Dom war vom ersten Erzbischof Virgil im Jahre 796 als romanische Basilika errichtet worden. Er galt lange als größtes Kirchenbauwerk nördlich der Alpen, bis ihm der Dom von Speyer diesen Rang streitig machte. 1589, zu Beginn der Regentschaft Wolf Dietrichs, brannte er ab – unter tatkräftiger Hilfe des Erzbischofs, wie böse Zungen behaupteten. Wolf Dietrich begann den Bau des barocken Doms, der nach fünfzig Jahren unter seinem Nachfolger Paris Lodron fertiggestellt wurde. 1945 wurde die Kuppel des Doms von amerikanischen Bomben zerstört und nach dem Krieg wiederaufgebaut. Mittlerweile war die Kirche wieder baufällig geworden und wurde erneut renoviert. Die beiden Türme waren eingerüstet, die Gerüste wiederum mit durchsichtigen Planen bedeckt, auf denen riesige mit Höschen und BH bekleidete Models für Palmers warben.

Dass Wolf Dietrich sein Dom am Herzen lag, war klar. Was aber wollte er von seinem Diener? Sollte dieser etwa die nackten Frauen von den Gerüsten entfernen, die den Dom so schändlich entweihten? Der Applaus aller Kirchenmänner und Traditionalisten wäre ihm sicher.

Als Maxi noch überlegte, ob er auf das Turmgerüst klettern sollte, überfiel ihn erneut eine grauenvolle Ahnung. Diese versetzte ihn aber nicht in Trance, sondern in Panik. Da war das Schreckliche, vor dem er sich ein Leben lang in der Psychiatrie versteckt hatte. Die bösen Männer waren da und wollten ihn töten.

Behände wie ein Rhesusäffchen kletterte Maxi die eisernen Gerüststangen hoch. Nach einigen Metern blickte er sich um und stellte entsetzt fest, dass ihm tatsächlich jemand folgte. Ein kräftiger Mann war hinter ihm her und sah gar nicht wie eine Vision aus. Rasch kletterte Maxi weiter hinauf, bis ihm klar wurde, dass der Turm eine Sackgasse darstellte. Oben auf der Turmspitze würde ihn der Fremde doch erwischen. So versuchte Maxi über das Kirchenschiff zum rechten Turm zu gelangen, denn dort konnte er auf dem anderen Gerüst wieder hinunterklettern und über den Petersfriedhof davonlaufen.

Es nützte aber nichts. In der Mitte des Schiffs über dem Domeingang holte ihn der Fremde ein und packte ihn am linken Fuß. Maxi versuchte verzweifelt, sich dem Griff zu entwinden, aber der Fremde war stark wie ein Schraubstock und versuchte, ihn vom Gerüst herunterzureißen. Das wäre ihm zweifellos gelungen, wäre nicht plötzlich ein Schwarm Tauben vom Domsims aufgeschreckt. Wie auf Kommando schienen sich alle Tauben zur gleichen Zeit ihrer Notdurft zu entledigen und trafen den Fremden in beide Augen. Als dieser versuchte, die ätzende Flüssigkeit wegzuwischen, musste er Maxi loslassen. Das nutzte dieser aus und trat ihm auf den Kopf.

Mit einem gellenden Schrei fiel der Mann nach unten und prallte auf dem Domplatz dem Heiligen Petrus vor die Füße. Die rote Blutlache, die sich bildete, leuchtete wie ein Mahnmal von Sünde und Tod.

Glück gehabt. Nicht nur, dass Maxi das Attentat des Meuchelmörders überlebt hatte, diesmal hatte er auch Zeugen für seine Unschuld. Einige Touristen auf dem Domplatz hatten die mörderische Kletterpartie gesehen. Diese bezeugten den bald eintreffenden Kommissaren, dass Maxi nicht der Mörder, sondern der Gejagte gewesen war und nur in Notwehr um sein Leben gekämpft hatte.

Endlich hatten Siler und Richer einen Mörder gefasst, konnten ihn allerdings nicht mehr befragen. Immerhin fanden sie einen Ausweis, der den Verblichenen als Karl Kolrad, Mitglied der Staatspolizei, auswies.

47.

Es war Zeit, die Verhältnisse auf dem Kommunalfriedhof wieder in Ordnung zu bringen. Dieser Meinung waren nicht nur die Bestatter, sondern auch der Salzburger Kameradschaftsbund.

Einige seiner Bezirksverbände marschierten am 1. Juni 1992 in militärischer Formation durch das große Hauptportal in den Friedhof und blieben in seinem Zentrum stehen. Unterstützt wurden sie von der Salzburger Militärmusik, die den Radetzkymarsch, den Rainermarsch und den Grenadiermarsch spielten. Einige Funktionäre hielten Ansprachen, dann wurden die Mitglieder aus der strengen Formation entlassen und machten sich daran, den Platz zu säubern, auf dem einst ihr Kriegerdenkmal gestanden hatte. Als Erstes entfernten sie die Eisenschale mit den verbrannten Holzkohlestücken, die irgendein pietätloser Militärgegner hier hinterlassen hatte. Der extra angereiste Militärpriester aus Linz segnete den Platz und besprengte ihn mit Weihwasser. Jeder Verband der Kameradschaft legte einen großen Kranz nieder und steckte seine Standarte mit der Verbandsfahne in die Erde. Bruchstücke von Gedenkplatten wurden herbeigekarrt und in der Mitte des Platzes aneinandergelehnt. Nun gab es wieder eine Gedenkstätte, wenn auch nur eine provisorische.

Das Treiben der Kameradschaftsbündler war nicht unbemerkt geblieben. Als die Männer zurück in ihre militärischen Reihen gingen und ihr Werk mit einigen Böllerschüssen krönen wollten, tauchte eine weitere Truppe auf, die allerdings nicht zu ihnen gehörte. Zehn Männer in Jeans, T-Shirts und Joggingschuhen kamen in die Mitte des Platzes und legten ebenfalls einen Gedenkstein nieder. Darauf stand zu lesen: „Im Gedenken an die Mitglieder des Widerstands, die ihr Leben für die Bekämpfung der Nationalsozialistischen Diktatur gaben. Ihr Mut bleibt unvergessen."

Auch diese Turnschuhsoldaten stellten sich am Rand der Feierformation auf.

Unruhe machte sich breit. Die Kameradschaftsbündler vergaßen ihre militärische Disziplin und murrten laut. Einige schwangen die Fäuste in Richtung der Eindringlinge.

„Wir wollen keine Widerständler an unserem Denkmal."

„Ihr Vaterlandsverräter, wegen euch haben wir den Krieg verloren."

„Ihr Wehrdienstverweigerer, geht nach Hause zu eurer Mami."

Es hätte nicht viel gefehlt, und die alten Soldaten hätten sich auf die jungen Protestierer gestürzt.

Der Militärpfarrer von Salzburg versuchte zu schlichten: „Aber, aber, meine Herren, der Krieg ist vorbei. Es wird nicht mehr gekämpft und niemand mehr erschossen. Wir leben jetzt in einer Demokratie, wo die Andersdenkenden respektiert werden. Lassen Sie Ihre Waffen und Fäuste stecken, was sollen denn die Leute über unsere Ehre und unseren Anstand denken?"

Murrend gingen die Kameradschaftsbündler zurück in Reih und Glied und versuchten sich zu beruhigen.

Einem alten Unteroffizier der Gebirgsjäger war es aber zu viel, und er legte noch einmal los. „Während wir im Dreck gelegen und unseren Kopf hingehalten haben, habt ihr Schweine es euch hinter der Front gemütlich gemacht. Während wir ohne Munition und Essen dem Feind ausgeliefert waren, habt ihr unsere Nachschublinien gekappt. Ihr seid schuld am Tode meiner Kameraden und am Untergang unserer Deutschen Nation. Ihr seid Abschaum, ich spucke vor euch aus."

Das wollte der Anführer der Gegenpartei nicht auf sich sitzen lassen. „Und euren ehrenwerten Kampf haben fünfzig Millionen Menschen mit dem Leben bezahlt. Ihr habt euch hergegeben für eine verbrecherische Ideologie und einem Wahnsinnigen den Treueeid geleistet. Millionen Soldaten fielen umsonst, Millionen starben in den Konzentrationslagern. Ja hätten denn alle zuschauen sollen, als diese Verbrechen begangen wurden?"

Erneut drohte ein Handgemenge.

Der Obmann des Kameradschaftsbundes fürchtete um sein neu eingeweihtes Denkmal und rettete die Lage durch bewährte militärische Disziplin.

„Kameraden, habt Acht!" Sofort standen zweihundert Kameradschaftsbeine stramm. „Kameraden, kehrt euch! Im Gleichschritt marsch."

Obwohl in einhundert Kameradenhirnen Aufruhr herrschte, ließen sich die ehemaligen Soldaten nichts anmerken. In vollendeter, lange geübter Formation marschierten sie aus dem Friedhof.

48.

„Wieso versucht die Staatspolizei, unseren Maxi umzulegen?" Richer kratzte sich am Hinterkopf.

„Moment, das wissen wir noch gar nicht", wandte Siler ein. „Vielleicht wollte Kolrad unseren Maximilian nur verhaften. Gründe dafür hätte er genug gehabt."

„Du meinst, die Staatspolizei will uns die Fälle wegnehmen? Das sähe denen wieder mal ähnlich. Zuerst dürfen die braven Kommissare sich abrackern, und wenn die Drecksarbeit getan ist, sahnen die den Ruhm ab", entrüstete sich Richer. „Aber was ist an unseren Morden so wichtig, dass ein höheres Staatsinteresse davon betroffen ist?"

„Vielleicht wurden unsere Opfer ja aus dem Weg geräumt, weil sie jemandem im Weg standen. Vielleicht wurden Ralmer, Leitser, Gerser und die anderen beseitigt, weil sie etwas wussten, was irgendeinem großen Tier gefährlich werden könnte. Immerhin sind wir jetzt schon auf die Tochter eines Bezirkshauptmannes, einen ehemaligen Oberarzt und auf den Sohn eines Universitätsprofessors gestoßen. Vielleicht ist das Gemeinsame an unseren Leichen, dass sie alle um ein Geheimnis wussten, das nicht publik werden darf?"

„Da könntest du recht haben. Fragen wir noch einmal bei der Spurensicherung nach, ob die nicht inzwischen etwas gefunden haben."

Richer ließ den Kollegen Tramitz von der Spurensicherung kommen. Der erschien alsbald und blickte Richer strahlend an: „Herr Kommissar, wir haben jetzt doch was."

„Wird aber auch Zeit. Womit können Sie uns beglücken?"

„In der Mönchskutte von Gerser haben wir einen Zettel gefunden, mit tadellosen Fingerabdrücken drauf. Der Zettel war durch ein Loch in der Kuttentasche ganz tief nach unten in den Mantel gerutscht."

„Geben Sie schon her." Richer griff nach einem zerknitterten Stück Papier, das ihm Tramitz entgegenstreckte. „Wollen mal sehen, was da drauf steht: ‚16.00 Treffen mit K. wegen SS-St76'."

Richer drehte den Zettel um, und auf der Rückseite stand in einer anderen Handschrift geschrieben: ‚Mitglieder: R, W, D, R, L, L, M, A, F, S'.

„Auf dem Zettel fanden wir Fingerabdrücke von zwei Personen, die inzwischen beide tot sind", berichtete Tramitz stolz. „Die einen gehörten Gerser, die anderen Kolrad."

„Und was schließen wir daraus?" Richer hob kritisch die Brauen.

„Das liegt doch auf der Hand", mischte sich Siler ein. „Kolrad und Gerser haben den Zettel beide in der Hand gehabt. Das heißt, Gerser hat ihn von Kolrad bekommen und sich auf der Rückseite Notizen gemacht. Kolrad hatte Informationen über irgendwelche Mitglieder, die er allerdings nur mit einem Code oder dem Anfangsbuchstaben bekanntgab. Was immer SS-St76 bedeutet: Um mehr über diese Mitglieder zu erfahren, hat Gerser sich mit Kolrad im Schloss Mirabell getroffen."

„Du meinst, Kolrad hat Gerser mit diesem Zettel in eine Falle gelockt, um ihn liquidieren zu können?"

„Ja, weil Gerser mit seiner paranoiden Penetranz wahrscheinlich auf ein Geheimnis gestoßen ist, welches nicht sehr gesund für ihn war."

„Und um was soll es da gegangen sein?"

Silers Augen leuchteten scharfsinnig. „Na, denk doch mal nach. Der Gestapo-Chef Muckentat – M. Ralmer – R. Leitser – L. Langhini – L. A wie Ambros. S wie Schoisgern. F wie Faissauer. Das sind die Anfangsbuchstaben unserer Leichen. Es bedeutet wohl, dass auch Faissauer tot ist. Nur wer R, W und D sind, weiß ich nicht."

„Du meinst, es ist so einfach? Gerser wusste, warum sie alle umgebracht wurden? Oder er hat sie selbst umgebracht, wegen dieses einen Geheimnisses, das sie gemeinsam haben?"

„Auf jeden Fall gehe ich davon aus, dass Gerser von Kolrad getötet wurde, nachdem der ihn zum Schloss Mirabell gelockt hatte. Es steht auch fest, dass Kolrad versucht hat, Maxi umzubringen. Gerser und Maxi sollten beseitigt werden, weil sie einer großen Sache auf der Spur waren. Und Faissauer hat ihnen womöglich bei ihren Aufdeckungen geholfen."

„Und wer sind jetzt die Mörder?"

„Na, Kolrad und die Leute, die hinter ihm stecken."

„Dann haben wir ja die ganze Zeit die Falschen verdächtigt!"

„Auch nichts Neues im Polizeialltag."

„Arschloch."

„Lieber ein Arschloch als ein Dummkopf."

49.

Richer war auf dem Weg ins Polizeiarchiv, während Siler sich ins Landesarchiv in der Michael-Pacher-Straße begab. Die beiden hatten beschlossen, sich aufzuteilen, um in ihren Recherchen schneller weiterzukommen, nachdem sie jetzt nach einer völlig neuen Gruppe von Tätern Ausschau halten mussten.

Richer war etwas verschnupft über seinen Kollegen. Der spielte sich schon die ganze Zeit als großer Entdecker auf. Der sollte mal den Mund nicht zu voll nehmen. Der Fall war nun einmal kompliziert, und erst am Ende würde sich herausstellen, was wirklich stimmte und wer schlussendlich recht hatte.

Richer bereute, dass er sein anfängliches Vorurteil gegen den Neuen aus Linz über Bord geworfen hatte. Er hatte von Anfang an kein gutes Gefühl bei ihm gehabt, und jetzt war Siler dabei, ihm die Schau zu stehlen. So ein Profilneurotiker. Aber was konnte man schon von einem erwarten, der mit Schimpf und Schande aus seinem Kommissariat gejagt worden war. Er, Richer, würde ihm schon zeigen, wer hier das Sagen und den richtigen Riecher hatte.

Als sich die beiden nach ein paar Stunden wiedertrafen, war Richer fest entschlossen, dem Theoriegebäude des Kollegen sein eigenes entgegenzuhalten. „Ich bin nach wie vor davon überzeugt, dass Gerser, Krautthaler und Faissauer unsere Mörder sind. Sie waren wütend auf die Zustände in der Psychiatrie und haben etwas entdeckt, was mit der Vergangenheit zu tun hat. Betrachten wir die Fakten, die *ich* herausgefunden habe. Dr. Ralmer war im Jahre 1941 Stationsarzt auf der Psychiatrie, in einer Zeit, als dort dreihundert Schizophrene und andere Psychotiker der Euthanasie zugeführt wurden. Leitser fing damals als junger Pfleger auf der Station an und war Ralmers Gehilfe. Bruder Ambros war zwar noch nicht auf der Welt, sein Vater aber diente bei der SS. Vater Ambros war an der Organisierung der Euthanasie in Salzburg beteiligt."

„Du meinst, die Morde könnten ein Racheakt für die damals stattgefundene Euthanasie sein?

„Ja, und deshalb glaube ich, wir sollten uns die Familien der damals Ermordeten unter die Lupe nehmen. Denn die haben ein klares Motiv: Vergeltung."

„Aber warum haben sie fünfzig Jahre gewartet, um Rache zu nehmen? Das verstehe ich nicht. Sie hätten doch viel früher zuschlagen können. Und was ist mit Muckentat und Schoisgern?"

„Schoisgern ist die Ausnahme. Er wurde von Maxi aus Rache für die Misshandlungen in Oberrain umgebracht. Muckentat hingegen hat den Transport der Gefangenen nach Mauthausen organisiert. Die Verbindung zwischen der Euthanasie 1941 und den Ereignissen 1945 ist, dass in beiden Fällen die SS die Hand im Spiel hatte."

„Du meinst, es werden Nazis und SS-Männer umgebracht, aus Rache für die Euthanasie und für die Gefangenen von Mauthausen?"

„Genau."

„Und wenn die Nazi-Täter schon tot sind, bringen unsere Verrückten in einer Art Sippenhaftung deren Kinder um?"

„Richtig."

„Du könntest recht haben", stimmte Siler zu. „Deine Fakten passen zu dem, was ich herausgefunden habe. Die Väter von Krautthaler und Gerser waren im Widerstand und Gegner der Nazis. Fabian Krautthaler hat als gläubiger Katholik und Priester gegen die Nazis agitiert und kam nach Mauthausen, wo er knapp überlebte. Vater Gerser desertierte von seiner Einheit und schloss sich einer Untergrundgruppe an, die Nachschublinien sprengte. Er wurde von der Gestapo in den letzten Kriegstagen gefasst und an die Wand gestellt."

„Wie alt war unser Gerser eigentlich?"

„Jahrgang 1946, seine Mutter war mit ihm schwanger, als ihr Mann erschossen wurde. Gerser hat seinen Vater nie kennengelernt."

„Ich bin ja kein Psychologe, aber könnte so ein Schicksal nicht dazu geführt haben, dass Gerser sich mit seinem toten Vater identifiziert und dessen Kampf gegen das Böse weitergeführt hat?"

„Deswegen war er so wütend auf Muckentat, der den Befehl zu Vater Gersers Erschießung gegeben hat. Das würde den Mord an Frau Köster erklären, die als Muckentats Tochter zum Handkuss kam."

„Das führt mich zur nächsten Frage, Bodo: Wie reagieren SS-Männer, wenn sie entdecken, dass Männer des Widerstands ihnen auf den Fersen sind?"

„Dreimal darfst du raten."

„Denen möchte ich in so einem Fall nicht in die Finger geraten."

„Das hätte sich Gerser vorher überlegen müssen."

„Dann könnten wir ihn noch befragen."

„Wenn, ja wenn ..."

50.

In jener Nacht schlief Richer schlecht. In seinen Albträumen fand ein heftiges Feuergefecht zwischen Mitgliedern der SS und der Gestapo auf der einen, Partisanen und Widerstandskämpfern auf der anderen Seite statt. Als die SS-Männer die Oberhand gewannen, wurden sie aus dem Hinterhalt von hunderten ausgemergelten KZ-Häftlingen überfallen, welche ihren Peinigern mit bloßen Zähnen das Fleisch aus dem Gesicht rissen. Schweißgebadet wachte Richer auf.

Warum war eigentlich nie passiert, was in seinem Traum so real und logisch erschien? Warum hatten sich die von den Nazis Gequälten nie gegen ihre Peiniger erhoben, wo die Häftlinge doch in der Übermacht gewesen waren? Auf einen Bewacher kamen einhundert Häftlinge, die alle dem Tod geweiht waren. Hätten sie sich auf ihre Bewacher gestürzt, dann wären zwar einige erschossen worden, die meisten aber hätten überlebt.

Richer war sich sicher, dass viele Gefangene der Nazis sich immer und immer wieder ausgemalt hatten, wie sie sich an ihren Peinigern rächen würden. Dennoch kam es nie dazu. Was war mit der Wut der Unterdrückten geschehen? Wohin hatten sich deren Rachegelüste verzogen?

Richer lag stundenlang wach. Die Diskussionen mit Siler kreisten durch seinen Kopf. Da war die Staatspolizei, die Gerser umgebracht hatte. Da gab es die SS, an der sich jemand rächen wollte. Da gab es die Söhne der Widerstandskämpfer, die von der Staatspolizei ausgeschaltet wurden. Oder war die Staatspolizei mit der SS identisch? Es ergab keinen Sinn. Alles war gleich wahrscheinlich, und nichts konnte man beweisen.

In seinen Grübeleien kam ihm eine sonderbare Idee. Was, wenn der Kampf der Opfer gegen die Täter fünfzig Jahre auf Eis gelegt worden wäre und nun, in den neunziger Jahren, ein halbes Jahrhundert später, in Salzburg nachgeholt würde?

Plötzlich saß Richer kerzengerade im Bett. Er kleidete sich rasch an. Obwohl es 3.00 Uhr morgens war, musste er seiner Idee nachgehen. Er legte alle seine Unterlagen auf den Küchentisch und verglich nochmals die Mordfälle.

Wenn die Mordserie etwas mit der Nazizeit zu tun hatte, dann gab es zwei Parteien, zwei Arten von Tätern und zwei Arten von Opfern: Angehörige der Naziopfer, die ihre Toten rächen wollten – Maxi und Gerser. SS-Männer und deren Nachkommen, die aus Rache umgebracht wurden – Ralmer, Leitser, Köster und Ambros. SS-Männer, die ihre Leute verteidigten – Kolrad und seine Hintermänner, die Gerser und Maxi umbrachten oder dies zumindest versuchten. Wahrscheinlich hatten die auch Faissauer um die Ecke gebracht. Dann gab es mehrere Mörder: Gerser, Maxi, Kolrad und vielleicht noch jemand anderen. Dann war die Sache wesentlich komplizierter, als er bis dato gedacht hatte. Kein Wunder, dass Schmalzl das Ganze längst zu heiß geworden war.

Er und Siler brauchten Unterstützung. Die Staatspolizei hätte sich angeboten. Aber die war ja Teil des Problems. Was, wenn SS und Staatspolizei unter einer Decke steckten?

Richer beschloss, sich eine Dienstreise nach Wien zu genehmigen, um der Sache auf den Grund zu gehen.

51.

Siler bestellte Maximilian zu einem weiteren Verhör in die Polizeidirektion. Da dieser sich entschlossen hatte, seinen Zustand als verrückter Behinderter zu beenden und ganz offiziell in seiner Villa am Kapuzinerberg residierte, war er nicht schwer zu finden. Vielleicht war der Überlebenskampf auf der Domfassade ein heilsamer Schock für Maxi gewesen, der ihn zurück in die Gesundheit katapultierte. Vielleicht war auch sein Selbstbewusstsein gewachsen, weil er diesmal nicht der Unterlegene, sondern der Sieger war, wer weiß. Jedenfalls hatte Maxi keine Sehnsucht mehr nach der Geschlossenen.

Nach Richers Theorie war Maximilian nach wie vor einer der Hauptverdächtigen, und Siler war entschlossen, ihn endlich festzunageln. Er hatte die Schnauze voll von Maxis krausen Ausreden und fantastischen Entschuldigungen. Siler würde ihm auch den armen Verrückten nicht mehr abkaufen, nachdem sogar die Ärzte der Nervenklinik vor seiner vielfältigen, um nicht zu sagen undefinierbaren Persönlichkeit kapituliert hatten.

„Was hatten Sie eigentlich auf dem Domplatz verloren?" Siler begann mit einer harmlosen Frage, um sich seinen Ärger über den windschlüpfrigen Krautthaler nicht anmerken zu lassen.

„Wolf Dietrich hat mich hingeschickt."

„Sie wollen doch nicht behaupten, dass Ihnen der Erzbischof erneut erschienen ist?"

„Doch, ja, er stand in voller Lebensgröße in seinem Mausoleum. Er deutete zum Dom, und mir war klar, dass dort bald etwas Wichtiges geschehen würde. Als mich Kolrad verfolgte, dachte ich zuerst, Wolf Dietrich wollte mich in den Tod schicken. Heute weiß ich, er hat mir das Leben gerettet. Denn im Fassadenklettern bin ich jedem anderen überlegen und hatte am Dom daher gegen den Agenten eine Chance. Andernfalls hätte er mich in einem stillen Gässchen der Altstadt kaltgemacht."

Siler traten die Schweißperlen auf die Stirn. Langsam wurde es ihm zu bunt. Wer einmal für verrückt erklärt wird, bleibt wohl immer verrückt. Maximilian Krautthaler als Protegé eines Bischofs, der seit vierhundert Jahren tot ist, diese Geschichte würde den Staatsanwalt in schallendes Gelächter ausbrechen lassen.

Er beschloss aber, gute Miene zum bösen Spiel zu machen, in der Hoffnung, er könne Krautthaler in irgendeinen Widerspruch verwickeln. „Soso, der Bischof hat Ihnen also das Leben gerettet. Und warum sollte er das Ihrer Meinung nach tun?"

„Hören Sie, ich weiß, dass Sie mir die Geschichte nicht glauben. Ich bin ja nicht so blöd, wie ich mich die letzten zwanzig Jahre gestellt habe. Natürlich war da kein realer Mensch vor meinen Augen, und es sprach auch niemand mit mir. Aber ob Sie es glauben oder nicht, ich bin ein Medium und kann Dinge spüren, die sich auf einer anderen Existenzebene abspielen. Die Geister der Toten haben ihre eigene Realität im Jenseits, und ich kann sie sehen."

„Gut, gebongt, Sie sind ein Geisterbeschwörer. Ich füge dies zu ihren anderen Talenten als Behinderter, Paranoider, Schizophrener und verwöhntes Professorenkind hinzu. Nicht zu vergessen Ihre ausgeprägte Begabung als Schauspieler." Siler verlor langsam die Nerven. „Aber noch mal meine Frage, warum sollte der Geist des alten Erzbischofs ausgerechnet Sie beschützen wollen?"

„Nun, weil ich und Gerser die Beschützer der Stadt sind beziehungsweise waren."

„Sie sind also nicht nur Geisterbeschwörer, sondern auch Stadtschützer, aha. Wie haben Sie sich denn diesen Titel erworben?"

„Hören Sie, das ist nicht so lächerlich, wie es klingt. Gerser hat für diese Stadt und ihre Erhaltung gekämpft. Ich habe ihn dabei mit meinen medialen Fähigkeiten unterstützt. Ich spüre, wenn Menschen böse Absichten haben, darum bin ich ja immer zur Stelle, wenn in dieser Stadt etwas Grausliges geschieht. Mit meiner Intuition konnte ich Gerser warnen, wenn Finanzhaie und Baulöwen versuchten, die wunderschönen alten Häuser zu zerstören. Gerser hat das dann im Gemeinderat bekämpft."

„Und Sie sind sich sicher, dass Sie das mit dem Kämpfen nicht allzu wörtlich genommen haben? Schließlich lagen überall Leichen, wo Sie aufgetaucht sind."

„Ich habe keinen dieser Menschen umgebracht. Darum können Sie mir auch nichts nachweisen, keine Fingerabdrücke, keine Indizien, nichts."

„Und wer hat dann Ralmer, Leitser, Köster und Schoisgern getötet, Ihrer geschätzten Meinung nach?" Siler setzte zum Staccato furioso an.

„Ich weiß nicht wer, aber ich weiß, was sie getötet hat."

„Nämlich?"

„Die Energie der Vergeltung. Die ganze Stadt ist erfüllt von der Energie der Rache. Ich spüre sie überall, auf den Plätzen, auf den Straßen, in den Häusern. Sie wird wieder zuschlagen, so wahr ich hier stehe." Maximilians Stimme wurde drohend.

„Und der gute alte Erzbischof dirigiert diese Energie, damit sie bei den richtigen Leuten ankommt. Amen." Siler flüchtete sich in Sarkasmus, bevor er endgültig durchdrehte.

„Wolf Dietrich hat geschworen, alle zu töten, die seiner Stadt Böses wollen. Gerser war die Inkarnation Wolf Dietrichs und hat sein Werk beschützt."

„Sie meinen, Gerser mordete im Auftrag des Erzbischofs?"

„Nein, Gerser wurde ermordet, weil er versucht hat, die Altstadt so zu erhalten, wie sie war."

Siler war sprachlos. Dem gewieften Ex-Behinderten war nicht beizukommen. So rettete sich der Kommissar in eine bedeutsame Pause. Dann fiel ihm doch noch eine Frage ein: „Sagen Sie, seit wann ist Ihnen eigentlich der Erzbischof erschienen?"

„Blöde Frage. Seit Gerser tot ist natürlich. Oder glauben Sie, ich könnte mit dem Geist und seiner Reinkarnation gleichzeitig reden?"

52.

Das Dokumentationsarchiv des Österreichischen Widerstandes ist im alten Rathaus im ersten Wiener Bezirk untergebracht. Hier gibt es Akten über alle Opfer des Faschismus, aber auch über alle Täter. Hier würde Richer fündig werden.

Was hat auf dem Zettel gestanden, den Gerser in seiner Kutte getragen hatte? SS-St76. Wenn es dabei um die SS ging, dessen sich Richer inzwischen sicher war, dann konnte das doch SS-Standarte 76 heißen. Wer war bei dieser Einheit, und wo war sie stationiert gewesen? Richer hatte zwar einen heißen Verdacht, wollte sich aber Gewissheit verschaffen.

Im Dokumentationsarchiv wurde ihm freundlich weitergeholfen. Hier hatte man das größte Interesse daran, dass die Gräueltaten des Faschismus bis ins letzte Detail aufgeklärt wurden. Wer immer sich dafür interessierte, bekam alle nur denkbare Unterstützung.

„Aus Salzburg kommen Sie also“, bemerkte die freundliche Archivarin. „Na endlich interessiert sich auch jemand aus der Mozartstadt für die Verbrechen der Vergangenheit. Dabei hättet ihr das doch bitter nötig.“

„Wieso?“ Richer fühlte sich als Salzburger persönlich angegriffen.

„Na, die Österreicher sind ja bekanntlich Meister im Verdrängen. Seit fünfzig Jahren stellen sie sich als erste Opfer des Faschismus dar. Dass Hitler in Österreich geboren ist, dass Eichmann, Kaltenbrunner und viele Holocaust-Täter Österreicher waren, das wird unter den Teppich gekehrt. Was in Österreich gang und gäbe ist, wird in Salzburg zur Perfektion getrieben. Wussten Sie, dass euer berühmtes Kraftwerk Kaprun von KZ-Häftlingen erbaut worden ist? Gibt es Ihnen nicht zu denken, dass Hitlers Berghof ein paar Kilometer vor den Toren eurer Stadt stand? Dass Himmler in der Villa Trapp residierte?

Was glauben Sie, wo sich die Nazi-Bonzen herumgetrieben haben, wenn ihnen in Hitlers Sommerresidenz fad geworden ist? Euer berühmter Herbert von Karajan war Parteimitglied, machte unter Hitler Karriere und wurde von Goebbels persönlich auf die Liste der gottbegnadeten Künstler gestellt, die aufgrund ihres Ansehens bei den Nazis vom Wehrdienst befreit waren. Die Salzburger Festspiele waren damals eine reine Naziveranstaltung."

„Ja und, was können wir heute dafür?" Richer war betroffen. Er stammte aus Kaprun. Die steile Staumauer des Speichers Mooserboden war für ihn von Kindheit an der Inbegriff von Technik und Fortschritt.

„Nichts können Sie dafür, aber es wird Zeit, dass darüber geredet wird. Haben Sie nicht manchmal Angst, dass die vielen Zwangsarbeiter, die beim Bau der Staumauer zu Tode geschunden wurden, eines Tages an Ihrem Tal Rache nehmen könnten? Dass irgendeine Katastrophe über Kaprun kommen wird, weil ein gerechter Gott Sühne fordert? Aber verzeihen Sie mir, ich bin etwas abgeschweift. Was genau suchen Sie bei uns?"

Richer bekam alle Unterlagen, die es über die SS-Standarte 76 gab. Wie er sich gedacht hatte, war diese im Bundesland Salzburg stationiert gewesen. Sie hatte die Aufsicht über die unterirdischen Stollen gehabt, die auf Befehl des Rüstungsministers Albert Speer in die Berge getrieben worden waren, um Salzburg zu einem wichtigen Teil der „Alpenfestung" auszubauen. Die SS-Standarte 76 hatte den Bau von Kaprun beaufsichtigt. Sie war auch für den Schutz des Führers auf dem Obersalzberg zuständig.

Richer bekam auch die Daten der SS-Mitglieder ausgehändigt, die in Salzburg in der SS-Standarte 76 stationiert gewesen waren. Von einigen wusste man, was nach dem Krieg aus ihnen geworden war. Einige hatten im Österreich der Nachkriegszeit

Karriere gemacht und waren Persönlichkeiten des öffentlichen Lebens.

Bei einigen Namen stand nichts dabei. Genau die kamen Richer aber bekannt vor. Wo hatte er die Namen schon gehört?

Richer kopierte die Mitgliederliste und fuhr damit in die nächste Polizeiwachstube in Wien, wo er einen alten Kumpel kannte, der ihn an den Polizeicomputer ließ. Als er die SS-Liste mit dem Computer abglich, war er wie elektrisiert. Das war ja ein Hammer. Da wurde doch alles klar. Das musste er Siler erzählen. Aber nicht am Telefon, denn womöglich wurde er von der Staatspolizei abgehört, und das war das Letzte, was Richer aufgrund seiner neuesten Informationen gebrauchen konnte.

Er setzte sich in den nächsten Schnellzug nach Salzburg, um seine Erkenntnisse bald unter vier Augen mit Siler diskutieren zu können.

53.

Es war eine wolkenlose Vollmondnacht, als Noah bemerkte, dass in der Mitte des Friedhofs Lichter flackerten. Das brachte ihn auf den Gedanken, dass Dr. Mortin wohl wieder eines seiner seltsamen Rituale aufführen würde.

Noah betrat den Friedhof, was dank seiner Torschlüssel kein Problem war. Im fahlen Licht des Mondes warfen die Bäume und die verbliebenen Grabkreuze ihre Schatten. Wenn die Fledermäuse und Eulen über den Friedhof huschten, hatte man den Eindruck, dass sich Gespenster bewegten.

Tatsächlich stand Mortin in der Mitte des Friedhofs. Er hatte ein Feuer aus Holzscheiten gemacht und ließ es brennen. Er warf frische Zweige hinein, so dass beißender Qualm aufstieg. Das Mondlicht und der Feuerschein ließen tanzende Irrlichter entstehen. Noah kam es vor, als ob der ganze Platz voller tanzender Wesen war, so schnell wechselten Licht und Dunkelheit im Flackern des Feuers.

Wieder streckte der Verwalter seine Hände nach oben und sprach mit beschwörender Stimme.

„Ich rufe einen großen Häuptling und Medizinmann,
verraten vom weißen Mann,
missachtet wie die Pflanzen und Tiere,
die uns nähren.
Ich spreche mit seiner Zunge,
um die Ahnen zu ehren
und ihren Segen zurückzuholen.
Wie könnten wir jemals ohne Ahnen sein?

In den Flüssen und Bächen, die durch unsere Wiesen fließen, fließt ihr Blut.

Die Luft, die wir atmen, ist voll von ihren Gedanken.

Das Rauschen des Windes in den Blättern ist die Sprache der Ahnen, die uns Wichtiges erzählen.

Die fruchtbaren Hügel sind ihre Leiber, die uns tragen.
Wie könnten wir jemals ohne sie sein.
Wie könnten wir ohne sie leben,
da sie doch mitten unter uns weilen,
uns Rat erteilen und uns schelten,
wenn wir vom rechten Pfad abkommen.
Denn wisse, sie sind die Hüter des ewigen Gesetzes.
Wenn du nicht weiter weißt, frage die Ahnen,
sie werden dir antworten.
Wenn du überheblich wirst, fürchte die Ahnen,
denn sie werden dich bremsen.
Wenn du das Erbe der Ahnen missachtest,
dann bist du dem Tode geweiht.
Denn wisse, die Toten sind nicht ohne Macht.
Ihrer ist die Entscheidung über den Fortgang des Lebens
und über sein Ende.

Darum lass es schön sein,
wenn ich den letzten Gesang singe.
Lass mich aufrecht stehen
mit Haaren wehend im Wind.
Lass mich fallen wie einen Baum
in der Blüte des Lebens.
Lass mich sterben wie einen Krieger,
der den Feind nicht fürchtet.
Lass es schön sein,
wenn du mich töten möchtest,
Mächtiger,
denn mein Geist wird bei dir sein,
wenn du mich zur ewigen Jagd holst."

Mortin kniete nieder und füllte seine Hände mit der frischen Erde des Friedhofs. Er stand wieder auf, und mit einer schwungvollen Bewegung warf er die Erdkrumen in die Luft, so dass sie wie ein Schleier über ihn fielen.

Dann ertönte erneut seine Stimme. Lauter als vorher.

„Ich rufe euch an,
ihr Seelen der Toten,
steht auf aus euren Gräbern,
vereint eure Kraft.
So viel Unrecht, Mord und Töten;
ihr habt es geschehen lassen,
geschützt durch den Schlaf des Vergessens.
Doch nun seid ihr wach,
geweckt durch den Donner der Gewalt,
den die Täter mehr fürchten sollten als ihr.
Holt jeden zu euch,
der glaubt,
er stünde über dem Gesetz.
Steht auf, ihr Toten,
holt die zu euch,

deren schreiendes Unrecht
gesühnt werden muss
nach dem Recht
des ewigen Gesetzes.“

Mortins Stimme war so stark angeschwollen, dass der Friedhof von ihr widerhallte. Er schüttete ein weißes Pulver ins Feuer, so dass eine Stichflamme aufloderte. Noah war wie geblendet, und seine blinzelnden Augen konnten die Konturen von Licht und Schatten nicht mehr klar unterscheiden. Aber er bildete sich ein, dass um den Verwalter und sein Feuer menschenähnliche Schatten tanzten.

54.

Der Hauptbahnhof von Salzburg war schon etwas in die Jahre gekommen. Zweimal hatte man seine Fassaden in den letzten Jahrzehnten gestrichen, um dem Zahn der Zeit ein Schnippchen zu schlagen, aber die Wirkung dieser Erneuerungen hielt nicht lange vor. Es blieb ein alter Bahnhof, der dringend einer Generalsanierung bedurfte.

Dafür gab es auch großartige Pläne, aber wie so oft in Salzburg blieb es beim guten Plan. Zwar wurde der Bahnhofsvorplatz aufgegraben, wo die erste Station einer U-Bahn gebaut wurde. Es blieb aber bei dieser einen Station, die ins Nirgendwo führte.

So hielten es inzwischen viele Salzburger für das Beste, den Bahnhof abzureißen und durch ein neues Gebäude zu ersetzen. Es wäre aber schade gewesen um die wunderschöne Jugendstilfassade, den Marmorsaal und die gusseiserne Kuppel aus der Gründerzeit, die noch von Kaiser Franz Joseph persönlich eingeweiht worden war und nach wie vor das kaiserliche Wappen trug. So herrschte auch hier jene Pattsituation, die das alte Salzburg so oft vor dem Abriss bewahrt hatte. Es gab einen wunderschönen Plan, die Gutachter hatten gut verdient, und alles blieb beim Alten.

Als der Schnellzug „Donauwalzer" aus Wien eintraf, ergossen sich hunderte Reisende aus dem Zug auf den Bahnsteig drei und hasteten den Stiegenabgängen entgegen, die hinunter zum Bahnhofsvorplatz führten. Auch Kommissar Richer hatte es eilig, zum Taxistand zu kommen, denn Siler wartete schon in der Polizeidirektion auf ihn.

Das Gedränge auf dem Bahnsteig war höllisch, da viele Touristen in den Zug einsteigen wollten, dem Richer gerade entstiegen war. Richer war grantig, da er mehrmals angerempelt wurde, was jeweils seinen kleinen Rollkoffer zum Kippen brachte, den er hinter sich herzog. Einige sicherheitsnadelbewehrte Punker hatten sich mit ihren verwahrlosten Hunden auf dem Bahnhof breitgemacht und waren den Passanten im Weg. Richer versuchte einen dieser Nichtsnutze auf die Seite zu schieben. Da stänkerte dieser ihn an und riss ihm seine Kappe vom Kopf. „Hol sie dir, hol sie dir", spottete er und lief davon. Bevor Richer ihn einholen konnte, schleuderte der Punker die Kappe in hohem Bogen davon, so dass sie aufs Bahngleis zwei flog und dort zu liegen kam. Wütend rannte Richer hinterher und überlegte flüchtig, ob er wohl auf das Gleis hinuntersteigen sollte. „Achtung, Bahnsteig zwei, Zug fährt durch", tönte es aus dem Lautsprecher. Richer bremste seinen Lauf ab und blieb vor dem Gleis stehen, bereit, seine Kappe abzuschreiben und zuzusehen, wie sie von den eisernen Rädern des vorbeifahrenden Zuges zermalmt wurde. Da erhielt er einen mächtigen Stoß ins Kreuz und flog der Länge nach auf die Schienen. Er hatte keine Zeit mehr aufzustehen und wurde vom durchrasenden Schnellzug überrollt. Die scharfen Kanten der gusseisernen Räder trennten Kopf und Beine von seinem Rumpf, so dass er nach Durchfahrt des Zuges fein säuberlich in drei Teile getrennt dalag.

55.

Siler konnte nicht weinen. Das war eines Polizisten nicht würdig. Männer zeigen keinen Schmerz. So dachte er jedenfalls, bis er seinen dreigeteilten Kollegen auf dem Bahngleis liegen sah. Da weinte er hemmungslos und vor allen Leuten. Es war ihm egal, was die von ihm hielten.

Richer und er waren in den letzten Wochen zu einem guten Team zusammengewachsen. Ihre anfängliche Rivalität hatte sich in gesunde Konkurrenz gewandelt, war fast Freundschaft geworden. Es war für Siler eine neue Erfahrung, Freud und Leid, Erfolg und Misserfolg, Ahnung und Verwirrung mit einem Kollegen zu teilen. Es war ungewohnt, aber es hatte begonnen, ihm zu gefallen. Er hätte noch lange mit diesem Partner zusammenarbeiten können.

Nun war Richer tot. Gefällt von einem Feind, der auch Siler bedrohte. Siler musste der Gefahr nun allein ins Auge sehen. Niemand würde ihm helfen. Kein Vorgesetzter, keine Staatspolizei und kein Verdächtiger – ganz im Gegenteil, die schienen sich alle gegen ihn verschworen zu haben.

Die Suche nach den Mördern war blutiger Ernst geworden, nachdem Siler sie zeitweise als heiteres Spiel in einem Gruselkabinett voller Verrückter und voller Gespenster aufgefasst hatte.

Richer war beseitigt worden, daran bestand kein Zweifel. Er war getötet worden, weil er in Wien zu viel herausgefunden hatte. Was immer es war, er würde es nun mit ins Grab nehmen. Er konnte es niemandem mehr erzählen.

Richers Tod war eine Warnung. Siler sollte die Finger von der Sache lassen, sonst würde er der Nächste auf der Liste der Mörder sein.

Ungewohnte Emotionen zerpflügten sein Herz. Da war die Trauer um den Freund. Da war die Wut, die ihn antrieb, seinen Tod zu rächen. Da war die Angst, dass er bald selbst sterben würde. Am Ende blieb Apathie. Siler fühlte sich gelähmt. Er stand starr auf dem Bahnsteig und war unfähig einen Finger zu rühren. Es hatte ja sowieso keinen Sinn. Die Mörder waren viel zu mächtig. Staatspolizei, SS-Seilschaften, vielleicht sogar höchste Regierungskreise – was sollte ein kleiner Polizist da schon ausrichten?

Er hätte von Anfang an auf Oberst Schmalzl hören sollen. Der wusste offenbar, was hier gespielt wurde. Er kannte wohl den Gegner, mit dem gar nicht gut Kirschen essen war.

Siler sollte nichts finden, und darum fand er auch nichts. Das Geheimnis sollte ein Geheimnis bleiben. Darum gab es auch keine Indizien. Und wenn er zehnmal sein Leben riskierte und Richer ins Grab nachfolgte, er würde niemandem etwas beweisen können.

Siler veränderte sich. Er beschloss, das zu tun, was er noch nie getan hatte. Er würde aufgeben.

Ein intelligenter Mensch musste erkennen, wann er verloren hatte. Er würde zu Schmalzl gehen und dessen Weisungen befolgen. Die Fälle schließen. Zugeben, dass er unfähig war. In Frühpension gehen, denn das war der übliche Weg, sich aus der Affäre zu ziehen.

Aber zuallererst musste er seinen Freund begraben.

56.

Wenn einer der ihren im Dienst gefallen war, bot die Polizei alles auf, was sie hatte. Acht hochrangige Polizisten trugen den Eichensarg, der in die österreichische Fahne eingehüllt war. Je eine Ehrenkompanie der Gendarmerie und der Polizei stand Spalier. Die Polizeikapelle spielte getragene Trauermusik. An der Spitze des Zuges trugen drei Polizeischülerinnen die Fahnen Österreichs, des Bundeslandes und der Stadt Salzburg. Eine Abteilung der Struberschützen aus Golling schoss Salut. Hinter dem Sarg marschierten die Angehörigen, die Kollegen, der Bürgermeister und der Polizeikommandant.

Richer wurde zu Grabe getragen.

Man hielt drei Ansprachen. Der Dompfarrer betonte, wie gut der Dienst am Nächsten für das Seelenheil des Verstorbenen gewesen sei. Der Bürgermeister erzählte, wie sehr die Stadt Polizisten wie diesen brauche, um dem Verbrechen endlich Einhalt zu gebieten. Der Polizeikommandant lobte den Verstorbenen, berichtete von den vielen Auszeichnungen, die er im Laufe seines Dienstes erworben hatte.

Siler hörte zwar zu, aber er bekam nicht wirklich mit, was da geredet wurde. Er stellte sich vor, wie die Seele seines Partners von oben auf die Trauergemeinde blickte, sich vielleicht über die Ehrerbietung und das eine oder andere Wort freute.

Aber es waren alles nur Worte. Worte wie Schall und Rauch. Worte wie eine Entschuldigung, dass dieser Beste der Besten nun tot war. Worte hatten seinen Freund nicht beschützen können. Nicht einmal in den Reihen der Polizei war man sicher.

Als Richers Sarg hinabgelassen war, marschierte die Trauergemeinde vom Kommunalfriedhof zum Gasthaus Hölle, wo der Leichenschmaus aufgetragen wurde.

Siler war ein kleines Kind gewesen, als seine Großmutter zu Grabe getragen worden war. Als damals der Leichenschmaus aufgetischt wurde, dachte er voller Schrecken, er müsse seine tote Oma verspeisen. Heute wusste er immerhin, dass der Braten, den die Kellner den Gästen servierten, von einem Schwein stammte. Aber ein Leichenschmaus in der Hölle, das klang noch immer seltsam. Wer sich wohl den Namen dieses Gasthauses ausgedacht hatte?

Aber es ist nun einmal so. Die einen kommen in den Himmel, die anderen in die Hölle, und sei es nur wegen des Schweinebratens.

Bei Siler wollte sich der gewohnte Galgenhumor nicht einstellen. Während des Essens stierte er zum Fenster hinaus und zählte die vorbeifahrenden Autos, als gelte es, Strafzettel wegen zu schnellen Fahrens zu verteilen.

Als der Schmaus vertilgt war, bestellten sich viele Kollegen noch Kaffee, andere bevorzugten Bier. Die starre Sitzordnung löste sich auf, weil manche die Gelegenheit nutzten, um mit dem einen oder anderen Bekannten zu plaudern. Das Leben musste weitergehen, und bei keiner Gelegenheit traf man so viele Bekannte wie bei einem Polizeibegräbnis.

Siler registrierte erstaunt, dass sich Noah zu ihm setzte und ihn erwartungsvoll anblickte. Hatte der noch nicht genug von den vielen Verhören, oder genoss er den Triumph, den Mann zu überleben, der ihn eingesperrt hatte?

Siler täuschte sich. Noah hatte etwas zu erzählen: „Herr Kommissar, Sie suchen doch Richers Mörder. Vielleicht kann ich etwas dazu beitragen.“ Noah berichtete von den seltsamen Ritualen, die Dr. Mortin auf dem Friedhof durchgeführt hatte.

„Tja, das klingt nicht nach gutem altem Katholizismus. Aber Spinner gibt es viele. Und was der Herr Bestatter in seiner Freizeit macht, das geht die Polizei nun wirklich nichts an.“

„Aber verstehen Sie nicht“, insistierte Noah, „er ruft die Toten herbei. Er fordert die Geister der Verstorbenen auf, Rache zu nehmen an jenen, die in der Vergangenheit Schuld auf sich geladen haben. Das ist doch Anstiftung zum Mord.“

„Und was ist passiert? Ist eine Armee Zombies aus den Gräbern gestiegen und hat Hackfleisch aus Ihnen gemacht, damit ich Sie nicht mehr zu verhaften brauche?“ Siler musste grinsen, zumal er Noahs Verdacht völlig idiotisch fand.

„Nein, natürlich gibt es keine Zombies. Aber es gibt geistige Kräfte, gerade im Zusammenhang mit Tod und Sterben. Ist Ihnen noch nie ein Verstorbener erschienen? Wir Bestatter haben ständig mit solchen Phänomenen zu tun. Wenn einer stirbt, stehen Uhren still, Spiegel fallen herab, Angehörige wachen aus tiefstem Schlaf auf. Mit den Toten ist nicht zu spaßen."

„Das hat auch keiner vor, und glauben Sie mir, zum Spaßen ist mir wirklich nicht zumute. Mein Partner wurde ermordet. Ich brauche Beweise, nicht irgendwelche verschrobenen Ideen, die sich bigotte Tabernakelweiber beim Beten ausdenken."

„Haben Sie noch nie gehört, dass ein Toter einen Angehörigen ins Grab holt? Dass Menschen, die miteinander verbunden sind, kurz hintereinander sterben? Dass es seltsame Serien von Todesfällen gibt, die sich keiner rational erklären kann?"

Siler verging das Grinsen. Denn mit einer solch seltsamen Serie hatte er es seit Wochen zu tun.

„Und wie soll das funktionieren? Wie Voodoo-Zauber vielleicht?"

„So ähnlich. Die meisten Völker in Amerika, Afrika und Asien glauben an Zauberei. Schamanen können Menschen verhexen und sogar töten."

„Aber das ist doch alles Aberglaube und Fantasterei. Ich bin schließlich vom Fach. Wenn in Salzburg jemand getötet wird, ist meistens eine sehr handfeste Sache wie ein Messer oder eine Pistole im Spiel."

„Das heißt, Sie haben schon acht Tatwaffen gefunden? Meine Gratulation!"

Der böse Blick, mit welchem Siler antwortete, bewies Noah, dass des Polizisten Verteidigung dem nicht standhalten konnte.

„Sie sollten mit Dr. Mortin reden. Nach allem, was ich beobachtet habe, ist er ein Schamane. Und ein Schamane macht so ein Ritual nicht aus Jux und Tollerei."

57.

Noahs unmoralisches Ansinnen hatte Siler noch mehr durcheinandergebracht, als er es nach den vielen Todesfällen ohnehin schon war. Er dachte gar nicht daran, sich mit so einem widersinnigen Verdacht lächerlich zu machen. Stattdessen beschloss er, einer völlig unverfänglichen Tätigkeit nachzugehen und die Post durchzusehen, die seit Richers Tod ungeöffnet liegen geblieben war.

Was sich da in ein paar Tagen auftürmt. Das meiste war Reklame, die Siler sofort in den Papierkorb warf. Dann Anzeigen und Berichte von Kollegen, die musste man immerhin ordentlich abheften. Einige Rechnungen, die er ebenfalls in den Papierkorb warf, denn vor der zweiten Mahnung nahm er Derartiges nicht ernst. Dann, ganz unten im Stapel, ein Brief aus Wien. Abgeschickt von Richer.

Siler fühlte sich, als hätte er in ein Stromkabel gegriffen. Sein Puls ging rasend schnell. Seine Hände zitterten, als er den Brief des toten Freundes öffnete.

Lieber Bodo,

wenn Du diesen Brief öffnest, habe ich Dir wahrscheinlich schon alles erzählt, was drin steht, denn ich steige gerade in den nächsten Zug nach Salzburg. Aber sicher ist sicher. Nach allem, was ich im Dokumentationsarchiv in Wien erfahren habe, finde ich es angebracht, Dir diese wichtigen Neuigkeiten mündlich und schriftlich zukommen zu lassen.

Du erinnerst Dich an die SS-Standarte 76 und Deinen Verdacht, dass Ralmer, Leitner und Vater Ambros dazugehörten? Das hat sich bestätigt. Auch Gestapo-Chef Muckentat gehörte dazu. Die Väter von Pfarrer Faissauer, Falco Langhini und Erzieher Schoisgern waren ebenfalls dabei, was unsere bisherige Tätertheorie etwas über den Haufen wirft.

Diese Männer standen unter dem besonderen Schutz des Salzburger Gauleiters Gustav Adolf Scheel. Der hatte 1944 bereits den Salzburger Volkssturm auf die Beine gestellt und hätte zu Kriegsende wohl die Vernichtung der Stadt über die Bühne gebracht, wenn er nicht in Hitlers Testament zum Reichsminister für Wissenschaft, Kunst und Volksbildung ernannt worden wäre. Nach Hitlers Tod interessierte ihn die Verteidigung der Stadt nicht mehr, und er überließ Oberst Lepperdinger die Verhandlungen mit den Amerikanern. Scheel und seine engsten Vertrauten waren in den letzten Kriegstagen völlig von der Bildfläche verschwunden, nur Muckentat blieb, um Hitlers Zerstörungsbefehl umzusetzen.

Anfangs dachte ich mir, Scheel habe sich aus dem Staub gemacht wie Göring, Himmler und die anderen Feiglinge, die nur beim Töten hilfloser Opfer mutig waren. Dann stieß ich auf ein brisantes Dokument. Hitler hatte Scheel nicht nur zum Minister, sondern auch zu seinem Bestatter ernannt.

Es ist ja bekannt, dass Hitler sich zeitlebens als verkannter Künstler fühlte. Es ist auch eine Tatsache, dass nach seinem Selbstmord seine Leiche nie gefunden wurde. Sie wurde angeblich im Hof des Führerbunkers verbrannt, aber die verkohlten Überreste verschwanden spurlos.

Wer hätte besser das Begräbnis eines gescheiterten Künstlers organisieren können als der Kultusminister? Wie hätte man eine Leiche besser tarnen können als in einem der vielen Kunsttransporte, die man in den letzten Kriegstagen in die Alpenfestung schickte, um sie vor dem Zugriff des Feindes zu retten?

Hitler hatte testamentarisch verfügt, dass er in seinem geliebten Obersalzberg begraben werden wollte. Natürlich nicht in seinem Haus, denn niemand durfte seine Leiche finden. Scheel und seine Vertrauten brachten ihn in ein geheimes Versteck irgendwo in den Bergen rund um Salzburg. Dort ruht er bis zu dem Tag, an dem das geheime Netzwerk der Nazis wieder an die Macht kommt.

Um dieses Geheimnis zu schützen, würden SS-Männer jeden Mord begehen. Um das Geheimnis zu lüften, würden der israelische Geheimdienst Mossad, CIA oder KGB mit ebenjenen SS-Männern ebenfalls nicht zimperlich sein. Da haben wir unsere zwei Parteien, die sich auf Salzburgs Boden bekriegen, und jetzt wissen wir auch warum.

Ralmer, Leitner oder Muckentat können wir leider nicht mehr befragen. Aber das Netzwerk der SS ist nach wie vor intakt. Du erinnerst dich an die drei Buchstaben D, W und R auf Gersers Liste? Sie stehen für Dietlich, Wolgahrt und Rundgött. Und die sind Chef der Staatspolizei, Staatssekretär im Justizministerium und Minister für Inneres. Ich brauche dir nicht zu erklären, dass wir jetzt genau überlegen müssen, welche Schritte wir ergreifen und welche nicht.

Die Lage ist gefährlich, fast so schlimm wie im Jahr 1945. Aber so wie wir in letzter Zeit zusammengearbeitet haben, werden wir auch diese Krise meistern.

Bis bald, Dein Stefan.

58.

Siler las den Brief seines toten Kameraden mehrmals durch. Dann verbrannte er ihn. Niemand durfte wissen, dass Siler wusste, was er jetzt wusste. Sein Bedarf an Polizeibegräbnissen war erst einmal gedeckt. Richers Tod sollte nicht umsonst gewesen sein. Aber dazu musste Siler zunächst einmal überleben.

Das mit der Ablenkung durch die Sichtung harmloser Post hatte nicht geklappt. Siler war jetzt nervöser und aufgewühlter als zuvor. Er durfte keinen falschen Schritt machen, denn sonst würde er die nächste Leiche sein, die von einem Salzburger Denkmal hing. In so einer Lage tat ein guter Polizist ... am besten gar nichts. Siler gestand sich ein paar Tage Bedenkzeit zu, um das Gelesene zu verdauen.

Plötzlich erschien es ihm sehr verführerisch, mit Dr. Mortin ein philosophisches Gespräch über Schamanismus zu führen, wie Noah ihm vorgeschlagen hatte. Dabei würde zumindest niemand sterben.

Es war nicht schwer, bei Mortin einen Termin zu bekommen, denn der saß die meiste Zeit über seinen Akten. Wie sich herausstellte, hatte er in seinem Chefbüro ein paar bequeme Lederfauteuils, in denen es sich trefflich plaudern ließ.

Da Siler die Sache mit der Geisterbeschwörung nach wie vor nicht ernst nahm, fiel er gleich mit der Tür ins Haus: „Wie Sie sicher wissen, haben wir zurzeit eine Mordserie und gehen diesbezüglich jedem Hinweis nach. Ihr Bestatter Noah ist ein Tatverdächtiger oder auch ein Zeuge, das wissen wir noch nicht genau. Er hat Sie neulich bei ein paar seltsamen Ritualen beobachtet, die ihm sonderbar vorkamen. Können Sie mir darüber Näheres sagen?"

„Was will der gute Noah denn beobachtet haben?"

„Er sagt, Sie beschworen die Toten und riefen sie zur Rache auf. Er meint, das sei eine indirekte Anstiftung zum Mord gewesen."

„Aber mein lieber Kommissar, wie soll denn jemand töten, der schon tot ist? Das ist doch gar nicht möglich."

„Ja, ja, da gebe ich Ihnen recht. Aber was haben Sie am Friedhof eigentlich gemacht, und welchen Zweck sollte das Ganze haben?"

„Um das zu erklären, muss ich etwas ausholen. Sie wissen vielleicht nicht, dass ich studierter Ethnologe bin und einige Zeit in Amerika verbracht habe, um die dortigen indigenen Völker zu studieren. Mich interessierten besonders deren Vorstellungen vom Jenseits und vom Leben nach dem Tod. Ein Schamane in Dakota nahm mich als Schüler auf und zeigte mir, wie man mit den Toten umgehen muss, um die Welten der Lebenden und der Verstorbenen im Gleichgewicht zu halten."

„Was soll es da für ein Ungleichgewicht geben? Wer tot ist, ist tot, und hat nichts mehr zu melden", wandte Siler ein.

„Das sehen die Indianer ganz anders. Jedes Unrecht hinterlässt eine Spur im geistigen Kosmos. Jeder Mord, jedes Verbrechen fällt auf seinen Verursacher zurück. Die Toten sind die Wächter der Gerechtigkeit. Sie geben keine Ruhe, bis das Gleichgewicht wiederhergestellt ist. Darum muss man die Toten besänftigen. Darum macht es Sinn, mit ihnen zu reden und sie zu beschwören, damit sie kein Unheil über die Lebenden bringen."

„Laut Noah haben Sie die Toten aber eher aufgestachelt als besänftigt."

„Weil wir es hier mit einer ganz besonderen Geschichte zu tun haben. Sie wissen, dass ein Flugzeug auf unseren Friedhof gestürzt ist. Dieses hat nicht nur die Besitzer der Gräber in Aufruhr versetzt, sondern auch die Toten, die darin liegen. Der Flugzeugabsturz war wie ein Paukenschlag, der im Totenreich eine ungeheure Energie freigesetzt hat."

„Das verstehe ich nicht", wandte Siler ein. „Ich dachte, die Seelen der Toten sind im Himmel oder auch in der Hölle, und in den Gräbern sind nur mehr ihre verfaulten Leiber. Denen kann doch völlig egal sein, was mit ihren Gräbern geschieht."

„Das ist ein fundamentaler Irrtum. Durch das Christentum entstand die falsche Vorstellung, dass Diesseits und Jenseits voneinander getrennt sind. Für die Naturvölker ist alles hier und jetzt. Die Toten sind mitten unter uns."

„Keine sehr angenehme Vorstellung."

„Aber das ist doch logisch. Geist und Seele kennen keine Grenzen. Sie können überall sein, also sind sie auch mitten unter uns."

„Okay, das ist mir kleinem Polizisten sowieso zu hoch. Was soll das aber für ein Paukenschlag gewesen sein, der Salzburg heimsucht?"

„Wenn die Welt im Gleichgewicht ist, dann ruhen die Toten. Wenn es aber ungesühnte Verbrechen gibt, dann suchen sie uns heim. Wenn Gräber zerstört werden, dann kommt alles an die Oberfläche, was noch nicht bereinigt ist. Und davon gibt es in Salzburg mehr als genug."

„Was meinen Sie damit?"

„Selbst fünfzig Jahre nach Kriegsende ist nichts getan worden, um die Gräueltaten des Faschismus wiedergutzumachen. Es gab keine Entschuldigung, weder bei den Vertriebenen noch bei den Angehörigen der Ermordeten. Denken Sie an die Opfer der Euthanasie, der Judenverfolgung, der Arisierung. Die Leichen wurden begraben, und darüber wurde der Mantel des Schweigens gebreitet. Die Toten sind geduldig, aber sie vergessen nichts. Wenn man ihre Gräber schändet, dann präsentieren sie uns die unbezahlten Rechnungen."

„Das klingt ja sehr gefährlich."

„Das ist es auch. Unsere materialistische Gesellschaft ignoriert völlig, was zwischen Himmel und Erde geschieht. Warum gibt es so viel Leid, Krieg und Wahnsinn auf der Welt? Weil die Welt der Toten und die Welt der Lebenden nicht im Gleichgewicht sind."

„Und das bringen Sie mit Ihren Ritualen wieder in Ordnung?"

„Nun, ich tue das, was mir möglich ist. Zumindest für unseren Friedhof und unsere Stadt."

„Sie beschwören die Geister der Verstorbenen, um sie zu besänftigen?"

„Sagen wir so, ich trete mit Ihnen in Kontakt. Was danach geschieht, liegt nicht in meiner Macht."

„Und Sie sind sich da ganz sicher?"

Dr. Mortin nickte bedächtig. Aber irgendetwas in seinen Eingeweiden verriet Siler, dass der Bestatter ihn anlog.

59.

Siler saß bis spät in die Nacht über seinen Akten und versuchte, Ordnung in die Geschehnisse zu bringen. Ihm schwirrte der Kopf. Zu viel hatte er in den letzten Wochen gehört und gesehen. Sein Kollege war tot. Sein eigenes Leben war bedroht. Mit der Suche nach den Mördern war er nicht weitergekommen. Je mehr er forschte, desto komplizierter wurde alles.

Wenn Richer recht gehabt hatte, dann gab es eine Verschwörung ehemaliger SS-Mitglieder, die verhindern wollten, dass man Ihre Machenschaften aufdeckte. Diese Männer waren mächtig und schreckten auch vor Auftragsmorden nicht zurück. Wer ihnen und ihrer Verbindung zum Nationalsozialismus auf die Schliche kam, der wurde liquidiert. Gerser und Richer hatten ihre Neugier mit dem Leben bezahlt

Es gab aber auch eine Gruppe, die eben diese Nationalsozialisten und deren Familienmitglieder tötete, offensichtlich aus Rache für die Verbrechen der Vergangenheit. Diese Gruppe hatte Verbindungen zum Widerstand im Dritten Reich und war offensichtlich der Meinung, dass der SS mit rechtsstaatlichen Mitteln nicht beizukommen war. Gerser und Maxi gehörten wohl zu ihnen. Wahrscheinlich gab es noch Hintermänner, denn die zwei Verrückten konnten nicht alles alleine gemacht haben.

Beide Gruppen hatten einiges gemeinsam. Sie schreckten vor Mord nicht zurück. Sie waren besessen von der Vergangenheit. Und es war unmöglich, an sie heranzukommen.

Der SS konnte man nichts beweisen, da sie die Staatspolizei hinter sich hatte, die wohl alles vertuschen würde. Den „Widerständlern", wie Siler sie ab jetzt nannte, konnte man erst recht nichts nachweisen, da sie so perfekt mordeten, dass keine Spuren zurückblieben.

Und dann war da noch diese unglaubliche Geschichte mit dem Geisterbeschwörer Dr. Mortin.

War der nun ein Spinner wie Gerser und Maxi, oder glaubte er tatsächlich, er könne durch geistige Kräfte töten? In Afrika soll es so was ja geben. Menschen sterben durch schwarze Magie. Aber wohl nur, weil dort alle Menschen an Dämonen und Hexen glauben. Sie sterben aus Angst vor der Macht der Voodoo-Priester wie in einer sich selbsterfüllenden Prophezeiung.

Steckte Mortin mit Gerser und Maxi unter einer Decke?

Wenn ja, dann nutzte diese Erkenntnis auch nichts. Ohne Beweise würde man den dreien nichts anhaben können. Wenn Noah recht hatte und Mortin wirklich die Toten aufwiegelte, dann würde man keine Spuren finden und weiter im Kreis gehen.

Das passte aber gut zu der Tatsache, dass Siler und Richer von Anfang an im Dunkeln tappten. Schließlich waren sie keine Neulinge und hätten längst etwas gefunden, wenn es etwas zu finden gäbe. Tote hinterlassen keine Spuren. Tote konnten auch durch Wände gehen und in die verschlossene Wohnung Dr. Ralmers eindringen. Vielleicht konnten sie auch jemanden von einem Berg oder in einen Fluss stoßen. Aber das würde ein Geheimnis bleiben, das die Toten mit ins Grab nähmen.

Leichter wäre es wohl, die Mörder von Gerser und Richer zu überführen. Denn das waren zweifelsohne reale Menschen. Kolrad hatte Gerser getötet und einen Mordversuch an Maxi verübt, der aber schiefgegangen war. Richer war wohl von einem weiteren Staatspolizisten umgebracht worden. Den müsste man identifizieren und der ganzen Bande Feuer unter dem Hintern machen.

Aber wie sollte das ein kleiner, erfolgloser Kommissar alleine schaffen? Siler war ohne Unterstützung, und seine Gegner hatten einen riesigen Apparat hinter sich, der noch dazu im Geheimen agieren konnte. In diesem ungleichen Kampf würde er eher umgebracht, als dass er gegen diese mächtige Phalanx etwas ausrichten konnte.

Wahrscheinlich waren sie längst hinter ihm her. Siler erschrak. Hatte er eben ein Geräusch gehört? Oder wurde er langsam paranoid vor Angst? Er erhob sich von seinem Schreibtisch und zog seine Dienstwaffe. Mit dieser im Anschlag durchsuchte er die Zimmer des Kommissariats. Er ärgerte sich über sich selbst. Wie konnte er in so einer gefährlichen Lage alleine im Büro bleiben, ohne seine Kollegen zu Hilfe holen zu können? Jetzt musste er sehen, wie er sich aus der Affäre zog.

Ein Schuss pfiff an Silers Ohr vorbei. Er ging unter einem Schreibtisch in Deckung und schoss in die Richtung, aus der der Schuss gekommen war. Dann versteckte er sich erneut, um nicht getroffen zu werden. Die Schüsse gingen hin und her, aber keiner traf sein Ziel.

Dann hörte Siler erregte Stimmen und das Zuknallen einer Tür. Polizisten stürmten in den Raum und sicherten ihn. Sie fanden außer Siler niemanden mehr. Der Angreifer war wohl vor ihnen geflüchtet, als er sie kommen sah.

„Wir hatten in der Portierloge Nachtdienst, als wir die Schüsse hörten", erklärte Grabner, ein altgedienter Kollege, der mit Portier- und Telefondienst sein Gnadenbrot fristete, da er vom Streifendienst mit all seinen schwierigen Erfahrungen einen Nervenzusammenbruch erlitten hatte. Er hatte sich aber geweigert, in Frühpension zu gehen, und so hatte man ihn eben in den Innendienst versetzt. „Was in Gottes Namen war denn hier los?"

„Das wüsste ich auch gern", murmelte Siler. Er registrierte geistesabwesend, dass seine Knie und seine Hände zitterten.

60.

Maxi vermisste seinen Freund. Seit Gerser tot war, schien die große Villa am Kapuzinerberg immer größer zu werden, und

Maxi fühlte sich darin immer einsamer. Panik stieg in ihm hoch und würde ihn wohl bald wieder verrückt machen. Seine Ängste kamen zurück, dass man ihn töten könnte. Hatte man das nicht vor kurzem versucht? Maxi hatte sich erfolgreich gewehrt, aber würde ihm dies beim nächsten Mal auch gelingen?

Sicher konnte er sich wieder in die Klinik einweisen lassen. Aber seit er den Luxus der Villa gekostet hatte, war ihm die Lust auf das karge Klinikbett vergangen. Maxi war ein Stück erwachsener geworden, und seine Ansicht über die Gefahren der Welt hatte sich geändert. Wer garantierte ihm, dass ihn die Mörder nicht auch auf der Geschlossenen aufspüren würden? Dort konnte er nicht davonlaufen, auf dem Kapuzinerberg hingegen schon.

Er würde einfach in Bewegung bleiben. Ein bewegliches Ziel war schwerer zu treffen, das wusste er von den vielen Kriegsfilmen, die er sich als Jugendlicher angesehen hatte. Er würde weiter durch die Stadt streifen, die er wie seine Westentasche kannte. Er würde von einem Versteck zum anderen eilen, dann wäre er seinen Verfolgern immer einen Schritt voraus. Er würde sich auf seinen sechsten Sinn verlassen, der ihn noch nie getrogen hatte. Maxi spürte die Gefahr wie ein wildes Tier. Notfalls würde er sich eben im Wald verstecken.

Maxi betrat ein Lokal in der Kaigasse. An der Theke erkannte er Noah, der ihm seit den Verhören bei der Polizei ein Begriff war. Maxi setzte sich zu ihm und bestellte zwei Bier. Als diese gebracht wurden, schob er Noah eines hin, um ihn einzuladen. Das würde sein neuer Freund werden, beschloss Maxi im Stillen.

„Na, haben Sie dich auch wieder freigelassen? Danke für das Bier." Noah prostete Maxi zu. „Was treibst du so die ganze Zeit?"

„Ich bin Stadtschützer."

„Nie gehört. Was soll das sein?"

Maxi erzählte dem Bestatter seine Geschichte. Wie er sich gegen seinen autoritären Vater gewehrt hatte. Wie er gemeinsam mit seinem Freund Gerser die Baumafia in Salzburg bekämpft hatte. Dass man die beiden für verrückt erklärt und in die Klinik gesteckt hatte. Dass Gerser nun tot war. Dass es so viele böse Menschen gab, die man bekämpfen musste. Dass er vor diesen Angst hatte. Dass man versucht hatte, ihn umzubringen. Dass ihn sein sechster Sinn immer dorthin führte, wo etwas Gewaltsames geschah. Dass er die Toten sehen konnte. Dass er spürte, dass in Salzburg eine mächtige Kraft am Werk war, die nach Vergeltung schrie.

Noah hörte ihm aufmerksam zu: „Du würdest einen guten Bestatter abgeben. Wir brauchen Menschen wie dich, die spüren, dass hinter der offensichtlichen materiellen Welt viele andere Kräfte wirken, die sich durch Wissenschaft nicht erklären lassen."

„Du bist Bestatter?" fragte Maxi interessiert. „Hast du meinen Freund Gerser begraben?"

„Ja, Polizeifälle und Sozialleichen ohne Angehörige, die für die Kosten aufkommen, landen meist bei uns, da mein Chef so eine soziale Ader hat."

„Ich danke dir." Maxi hatte feuchte Augen. „Wenigstens im Tod hat sich ein guter Mensch um Gerser gekümmert."

„Wir halten alle Toten in Ehren. Übrigens, magst du dir die Bestattung mal ansehen? Ich zeig dir alles. Wenn du so viel Angst vor deinen Verfolgern hast, kannst du heute bei mir übernachten. In der Bestattung werden sie dich wohl nicht vermuten."

„Ja, ich weiß. Wer dich zu den Toten befördern will, wird dich nicht unter den Toten suchen."

„Das klingt ja fast philosophisch. Bist du sicher, dass du auf der Geschlossenen warst?"

Noah nahm ihn mit in seine neue Dienstwohnung in der Bestattung Mortin. Die hatte er bezogen, nachdem die Kommissare ihm den Aufenthalt im Krautwächterhäuschen verleidet hatten. Sie war zwar zu klein für Gäste, aber es gab ja immer noch den Lagerraum für die Särge.

So kam es, dass Maxi die Nacht in einem gepolsterten Sarg verbrachte. Das Haus der Toten beruhigte ihn. Er fühlte sich sicher und fiel in einen tiefen, traumlosen Schlaf. Jeder Beobachter hätte ihn für einen aufgebahrten Verstorbenen gehalten.

61.

Siler hingegen tat die ganze Nacht kein Auge zu. Seine Pistole lag griffbereit auf dem Nachtkästchen. Beim geringsten Geräusch schreckte er auf, weil er glaubte, jemand mache sich an der Wohnungstür zu schaffen. Wenn er kurz wegdöste, hatte er Albträume, in denen er von hunderten Polizisten verfolgt und angeschossen wurde. Schweißgebadet wachte er wieder auf. Schließlich war ihm sein Schlaf egal. Er würde wach bleiben. Das war in seiner Lage ohnehin sicherer.

Durchwachte Nächte haben auch ihre Vorteile. Man hat stundenlang Zeit nachzudenken, sich mit der Gefahr auseinanderzusetzen und doch innerlich zur Ruhe zu kommen. Denn auch im Wachzustand macht sich in der Nacht das Melatonin bemerkbar, das der Körper ausschüttet, um Entspannung auszulösen.

Manchmal hatte Siler in solchen Nächten die besten Ideen, die er leider bis zum Morgen meist wieder vergaß. Aber in jener Nacht benötigte er dringend gute Einfälle. So vertraute er seine Probleme seinem Unterbewusstsein an, damit dieses eine Lösung für ihn bereitstellte.

Es hatte keinen Sinn, gegen die ehemaligen SS-Männer vorzugehen. Inzwischen ging es darum, wie er ihnen entkommen konnte, bevor sie ihn liquidierten. Die Verfahren einzustellen würde sie vielleicht zufriedenstellen. Aber es hatte zu viele Tote gegeben, die Presse würde ihn nicht in Ruhe lassen. Es würde ihm niemand glauben, wenn er von natürlichen Todesursachen sprach. Seine Gedanken drehten sich im Kreis.

Immer wieder kam ihm Dr. Mortin in den Sinn. Was, wenn Noah recht hatte? Was, wenn Mortin tatsächlich die Kraft der Toten steuern konnte, um Rache an den SS-Männern zu nehmen? Man würde ihm nie etwas nachweisen können. Der perfekte Mord. Der Albtraum jedes Kommissars.

Man würde ihm nichts nachweisen können ... Siler blieb an diesem Gedanken hängen. Etwas faszinierte ihn daran. Die Toten waren unsichtbare Gegner. Gegen sie konnte man nichts ausrichten. Das hatten die Toten und die Staatspolizei gemeinsam. Das hatten die Toten und die SS gemeinsam.

Plötzlich kam ihm ein Gedanke. Er ärgerte sich, dass er nicht früher darauf gekommen war. Was, wenn er die unsichtbaren Gegner gegeneinander ausspielte? Der Feind deines Feindes ist dein Freund. Nach diesem Grundsatz hatten Feldherrn und Könige ihre Schlachten geschlagen.

Wenn Noahs verrückte Idee stimmte, dann brachte Mortin mit seinen Toten schon die ganze Zeit Angehörige der SS um. Man musste ihn nur dazu bringen, auch jene zu töten, die hinter Siler her waren.

Man würde ihm nie etwas nachweisen können. Niemand würde so etwas Verrücktes glauben.

Aber Siler wäre seine Sorgen los.

62.

Maxi hatte so herrlich geschlafen wie schon lange nicht mehr. Noah musste ihn wecken, damit er nicht im Sarg entdeckt wurde, wenn die anderen Bestatter ihren Dienst antraten. In der Küche von Noahs Dienstwohnung nahmen die beiden ein köstliches Frühstück mit dampfendem Kaffee, frischen Semmeln, Butter und Marmelade ein.

„Ich mag deine Wohnung", begann Maxi die Unterhaltung. „Sie hat etwas Beruhigendes."

„Das sehen die meisten Leute aber anders", antwortete Noah mit vollem Mund. Er hatte sich gerade eine halbe Semmel in den Mund gestopft. Er würgte den Bissen hinunter, um weitersprechen zu können. „Immer wenn ich ein Mädchen abschleppen will, macht es spätestens am Gartentor kehrt, wenn es die Aufschrift ‚Bestattung Mortin' liest."

„Die meisten Leute setzen sich eben nicht gern mit dem Tod auseinander, und darum weichen sie dir aus. Bei mir ist das anders. Ich spüre die Toten ohnehin die ganze Zeit. Mit meinen telepathischen Fähigkeiten kann ich ihre Energien sehen. Manchmal denke ich, ich könnte sogar mit ihnen reden."

„Interessant." Noah kratzte sich am Kinn. „Ich kenne jemanden, der macht das tatsächlich."

„Macht was?"

„Mit den Toten reden."

„Den muss ich unbedingt kennenlernen. Er soll mir beibringen, wie das geht. Vielleicht kann ich dann besser mit meinen Ahnungen umgehen, ohne gleich wieder wegen Halluzinationen in der Klinik zu landen."

Als Dr. Mortin um acht Uhr seinen Dienst antrat, belagerten die beiden bereits sein Büro. Mortin war über den unangemeldeten Besuch etwas ungehalten, beruhigte sich aber, als Noah ihm den Grund ihres Kommens mitteilte: „Mein Freund hier ist ein Medium und würde gerne lernen, wie man mit den Toten redet."

„Wie kommen Sie auf die Idee, dass ich etwas davon verstünde?" Mortin war misstrauisch.

„Es tut mir leid, aber ich habe Sie vor einigen Tagen belauscht, wie Sie genau das taten", rückte Noah mit der Wahrheit heraus.

„Nicht einmal unter den Toten hat man seine Ruhe", brummte Mortin, „aber gut, da Sie schon mal da sind, kommen Sie rein."

Im Büro bat Mortin die beiden, es sich in den Lederfauteuils bequem zu machen. Als er gerade mit seinem Vortrag über Schamanismus und das Totenreich begonnen hatte, läutete es. Kommissar Siler stürmte herein.

„Herr Dr. Mortin, ich brauche Ihre Hilfe. Ich brauche Ihre Hilfe dringend, jetzt und auf der Stelle." Siler klang aufgeregt.

„Gemach, gemach, Herr Kommissar", bremste ihn Mortin. „Ich glaube nicht, dass ich Ihnen bei der Aufklärung Ihrer Fälle helfen kann. Damit habe ich nichts zu tun. Überdies habe ich Ihnen bereits alles gesagt, was ich weiß."

„Ach, kommen Sie, Mortin, Sie wissen so gut wie ich, dass Sie die Toten beeinflussen und zum Mord an den Mitgliedern der SS-Standarte 76 aufstacheln."

„Was für ein widersinniger Gedanke. Selbst wenn es so wäre, das könnten Sie nie beweisen." Jetzt war Mortin nervös. Wie hatte der Kommissar so rasch seine Schlüsse ziehen können?

„Das will ich auch gar nicht", beruhigte ihn Siler. „Niemand wird glauben, dass Tote Lebende umbringen können. Die Zeiten, in denen die Salzburger an Hexerei glaubten, sind lang vorbei. Aber als Sie mir neulich über das Unrecht der Nationalsozialisten erzählt haben, das gesühnt werden muss, war eigentlich eindeutig, was Sie meinten. Erst wischte ich den Gedanken als unmöglich beiseite, aber heute Nacht ist mir klar geworden, dass Sie mein Mann sind."

„Sie können mich nicht ins Gefängnis bringen, denn ich habe nichts getan", rechtfertigte sich Mortin brüsk. „Die Rituale, die ich in der Nacht durchführe, sind lediglich eine spirituelle Übung, nichts weiter. In Österreich kann keiner wegen der Ausübung seiner Religion belangt werden."

„Dr. Mortin, ich will Sie nicht ins Gefängnis bringen. Ganz im Gegenteil, ich bin auf Ihre Fähigkeiten angewiesen. Ich säge doch nicht den Ast ab, auf dem ich mich vor den Raubtieren in Sicherheit bringen kann."

„Vor wem fürchten Sie sich so, dass Sie meine Hilfe suchen?"

Siler erzählte, was er entdeckt hatte. Dass fünf Menschen getötet worden waren, ohne dass man Täter oder Tatwaffen finden konnte. Dass die Toten allesamt zur selben SS-Standarte gehörten oder Kinder dieser SS-Männer waren. Jemand wollte offensichtlich der SS an den Kragen. Dies passte zu Mortins Ansicht, dass die Toten wollten, dass das Unrecht der Nazis gerächt werde.

Mortin war bleich geworden. Der Kommissar war so nahe an der Wahrheit, dass er ihm gefährlich werden konnte. Mortin hatte nie geglaubt, dass jemand seine Macht entdecken würde. „Was wollen Sie also von mir? Ich sage es Ihnen gleich, ich werde nichts zugeben und nichts gestehen. Wenn meine harmlosen Übungen gefährliche Folgen haben, dann werde ich eben damit aufhören."

„Verdammt, das will ich doch gar nicht. Sie sollen Ihre Arbeit zu Ende bringen."

„Wie bitte?"

„Mein Kollege wurde von Mitgliedern der Standarte 76 getötet, weil er zu viel über sie in Erfahrung gebracht hat. Auch auf mich wurde bereits ein Anschlag verübt. Wenn Sie mir nicht helfen, habe ich nicht mehr lange zu leben."

„Das sind die bösen Männer, die auch mich töten wollen", schaltete sich Maxi ein. „Mortin, zeigen Sie mir, wie man mit den Toten redet. Die Toten werden uns helfen, das weiß ich. Wolf Dietrich hat es mir versprochen. Der Erzbischof führt die Toten an, um seine Stadt zu schützen."

Nun war es an Mortin, erstaunt zu sein. Siler erklärte ihm, dass Maxi Halluzinationen vom alten Fürsterzbischof hätte oder auch wirklich mit ihm in Kontakt sei, je nach Standpunkt.

„Nun gut, da Sie sich ja alle einig zu sein scheinen und sich von den gleichen Männern bedroht fühlen, schlage ich vor, Sie kommen um Mitternacht auf den Friedhof."

63.

Mitternacht auf dem Friedhof. Siler fühlte sich an alte Vampirromane erinnert, so schaurig schön war die Nacht. Das Rauschen der Blätter in den Bäumen, das fahle Licht des Halbmonds, das Flattern der Fledermäuse – all dies hüllte die kleine Gruppe von Männern ein, die sich zu einer finsteren Tat versammelt hatte.

Noah zündete zwölf Kerzen in Grablaternen an und stellte diese im Kreis auf. Maxi sammelte trockenes Reisig und entfachte ein Feuer in der Mitte des Laternenrunds. Mortin wanderte sechsmal um den Kreis. In der linken Hand trug er eine Wasserschale, in welche er vorher ätherische Öle geträufelt hatte. Mit der rechten verspritzte er das Gemisch aus Öl und Wasser auf den Grablaternen, auf deren heißen Deckeln es verdampfte, so dass sich der intensiv riechende Dunst beißend in den Augen festsetzte.

Siler war von Mortin beauftragt worden, auf einer flachen Trommel monotone Rhythmen zu klopfen. Während das Trommeln lauter wurde, steigerte sich Mortin tanzend in Trance. Als er schließlich am ganzen Körper zitterte, schüttete Noah den

Rest des Öls über ihn. Als würde er aus tiefem Schlaf erwachen, riss Mortin die Augen auf und streckte die Arme weit in die Höhe.

Seine Stimme klang schrill und erzeugte Gänsehaut auf Silers Körper:

„Geister der Nacht, ich rufe euch.
Seelen der Toten, ich brauche euch.
Kräfte des Ausgleichs, ich vertraue auf euch.
Götter der Unterwelt,
kommt aus euren Höhlen.
Der Tag der Abrechnung ist da.
Hier stehe ich vor euch,
um Klage zu führen
über die ungezählten Toten,
die niemals ein Grab kannten,
die vielen Gefolterten,
deren Leid vergessen ist,
die ungesühnten Verbrechen,
über die beharrlich geschwiegen wird.
All die, denen Unrecht geschehen ist,
erhebt euch aus den Gräbern,
schenkt mir eure Kraft,
bündelt euren Geist
und helft uns zu richten
die feigen Mörder.
Denn ungestraft wandeln sie unter uns,
dreister denn je.
Sie glauben sich unverwundbar,
geschützt durch ihre Macht,
bereit, jeden zu vernichten,
der ihr Geheimnis entdeckt.
Sie wähnen sich sicher
und greifen erneut

nach der Herrschaft im Land.
Kein Lebender kann sie aufhalten,
ohne um sein Leben zu fürchten.
Wo die Macht des Lebens endet,
beginnt die Macht der Toten.
Darum rufe ich euch,
ihr Geister der Verstorbenen.
Erinnert euch an euren Zorn,
an die ohnmächtige Wut,
an die betäubende Angst,
als man euch ins Gefängnis warf,
als man euch quälte in den Folterkammern,
als man euch erstickte durch giftiges Gas.
Eure Leiber konnten sie töten,
eure Gefühle nicht,
eure geschundenen Seelen
liegen wie giftiger Nebel
über dem Land der Täter.
Gekommen ist der Rache Zeit.
Schreit das Unrecht hinaus in die Nacht.
Euer Atem fege die Schlächter hinweg.
Haltet sie auf
für immer und ewig.
Zieht sie hinüber in die andere Welt
und bringt sie vor ihren Richter.
Ihr Toten, ich rufe euch.
Handelt, auch wenn ohne Hände ihr seid.
Verfolgt, auch wenn ohne Beine ihr seid.
Richtet, auch wenn keine Waffen ihr habt.
Denn im All ist alles Geist
der Geist des Wakan-Tanka.
Vor ihm bleibt nichts verborgen.
Sein Atem fließt langsam,

erreicht doch jedermann."

Mortin fiel erschöpft auf die Knie. Sein Oberkörper sank auf die Erde. Lange verharrte er so, bis er sich schließlich erhob.

Siler hatte auf den Verwalter gehofft, doch nun erschien ihm dieser ganze Zauberspuk lächerlich: „Das soll alles gewesen sein? Mit dem bisschen Hokuspokus wollen Sie die Ewiggestrigen stoppen? Das glaubt ja nicht einmal meine abergläubische Großmutter."

Mortin richtete sich würdevoll auf. Sein Haupt hatte einen stolzen Ausdruck, als wäre er bei Häuptling Sitting Bull in die Lehre gegangen. „Die Dinge nehmen ihren Lauf, ob ihr es glaubt oder nicht."

„Und was wollen die armen Seelen gegen die Mächtigen des Landes ausrichten?" Siler war noch nicht überzeugt.

„Ihr werdet sehen, die Toten finden einen Weg, das Urteil zu vollstrecken. Denn die Toten sind nicht ohne Macht. Seit Jahrtausenden holen sie die, welche ihnen den Respekt verweigern."

„Ihr Wort in Gottes Ohr", flüsterte Siler, unschlüssig, ob er sich vor der Macht aus dem Jenseits fürchten oder sie herbeisehnen sollte.

64.

Minister Rundgött, Staatssekretär Wolgahrt und Staatspolizeichef Dietlich waren in hoher Mission nach Salzburg gekommen. Sie wollten das dortige Polizei- und Gerichtswesen mit ihrer erlauchten Anwesenheit ehren. Daher war ein intensives Bankett- und Besichtigungsprogramm zusammengestellt worden. Oberst Schmalzl war zum Reiseführer ernannt und führte die hohen Herren durch die Stätten der Gerichtsbarkeit aus allen Epochen der Stadt. Er zeigte ihnen das Haus des Henkers und den alten Richtplatz. Es gab einen Empfang in der Polizeikaserne, ein

Treffen mit den Richtern im Landesgericht, ein Bankett in der Polizeidirektion, einen Besuch in der Rathauswachstube. Höhepunkt und Ende des Besichtigungsprogramms würde die Fahrt auf die Festung Hohensalzburg sein. Im Festungsmuseum könnten sie die alten Folterwerkzeuge und Hinrichtungsgeräte bewundern.

So nebenbei hatten die drei Herren natürlich auch vor, die Schäden zu beseitigen, die in den letzten Wochen im Salzburger Rechtsleben entstanden waren. Sie wollten unter den unfähigen Kollegen gründlich ausmisten. Einige Köpfe würden rollen. Kein Wunder, dass Schmalzl schon nach kurzer Zeit nassgeschwitzt war. Denn sein Kopf war keinen Pfifferling mehr wert.

Die Festung Hohensalzburg thront seit dem 11. Jahrhundert über der Stadt. Sie wurde damals von Erzbischof Gebhard errichtet, weil der sich nicht entscheiden konnte, ob er im beginnenden Investiturstreit zum Kaiser oder zum Papst halten sollte. Da ihm daher von beiden Seiten Ungemach drohte, wollte er sich zumindest in einer uneinnehmbaren Festung verschanzen können. Das gelang ihm auch, die Festung wurde bis zum heutigen Tag nie eingenommen.

Gebhard war ein kluger Mann. Er sah gar nicht ein, warum Papst und Kaiser plötzlich darum stritten, wer denn nun die Bischöfe in Amt und Würden einsetzen dürfe. Jahrhundertelang waren die Bischöfe vom Kaiser eingesetzt worden, der ihnen große Ländereien als Lehen gab. Als seine Vasallen sorgten sie für Recht und Ordnung und wurden dafür mit immer größerem Besitz beschenkt, bis halb Deutschland den Bischöfen gehörte. Damit waren alle zufrieden.

1075 verlangte der Papst völlig überraschend, dass er allein über die Bischöfe zu bestimmen hätte. Das war ein offener Staatsstreich, denn mit der Investitur der Bischöfe nahm der Papst dem Kaiser sein halbes Reich weg. Das konnte dieser natürlich nicht zulassen, und so stritten die beiden Chefs der

Christenheit zweihundert Jahre lang um die Bistümer, bis schlussendlich sowohl das Kaiserreich als auch das Papsttum am Boden lagen.

Die Salzburger Lösung dieses Konflikts war salomonisch: Stell dich mit beiden Seiten gut und versteck dich in einer starken Festung. So verdankt die Stadt ihr von der Festung gekröntes Postkartenpanorama einem mörderischen Streit der mittelalterlichen Führer Europas.

Das alles war dem hohen Besuch aus Wien natürlich egal. Die Herren freuten sich lediglich auf den schönen Rundblick, den man von den Festungsbastionen aus genießen kann.

Hohe Herren gehen nicht zu Fuß auf einen Berg. Unter dem Blitzlichtgewitter der Fotografen bestiegen sie den Festungsaufzug. Dieser würde sie in fünf Minuten auf den Berg hinaufbringen.

Der Aufzug ist eine Schrägseilbahn. Die Kabinen stehen so auf einer fünfundvierzig Grad schiefen Ebene, dass jede Einstiegsstelle sich einen Meter über der darunterliegenden befindet und die oberen Fahrgäste daher auf die unteren hinabblicken können.

„Heute sind wir mal leutselig", lachte Minister Rundgött, „wir steigen in die unterste Kabine, damit das gemeine Volk auf uns herabschauen kann."

Lächelnd folgten ihm die beiden anderen Herren. Die Fotografen stiegen in die mittlere Kabine und machten aus halber Vogelperspektive spektakuläre Fotos von den Honoratioren, welche am nächsten Tag die Spalten der Lokalpresse füllen würden. Die oberste Kabine war schon von ein paar Bierfässern belegt. „Die liefern wir für das Festungsrestaurant, damit wir beim Empfang da oben nicht auf dem Trockenen sitzen", erklärte der Schaffner der Festungsbahn entschuldigend.

Den drei Herren war dies recht, und die Bahn fuhr los. Durch das Panoramadach hatte man einen atemberaubenden Blick auf die Altstadt und seine Kirchtürme. Dann verschwand die Bahn in einem Loch der Festungsbastion, bereit, in der Bergstation anzulegen. In diesem Augenblick riss das Zugseil, und, was noch nie vorgekommen war, im selben Moment versagten die automatischen Bremsen. Die Bahn raste mit einem Höllentempo zurück in die Talstation und krachte dort auf die Gegenbahn, die bereits vorher auf den Prellbock aufgelaufen war. Die salzburgerfahrenen Journalisten in der mittleren Kabine hatten sich instinktiv auf den Boden geworfen und kamen mit Prellungen und Platzwunden davon. Die Herren aus Wien aber waren vor Schreck wie erstarrt und sahen noch, wie die großen Bierfässer auf sie zurasten.

Sekunden später war die Führungsmannschaft der Glasenbacher ausgelöscht.

65.

Siler schlug die Kronenzeitung auf.

„Minister und hohe Staatsbeamte bei schrecklichem Unglück getötet. Wird nun auch Österreich von Terroristen heimgesucht?"

Er überflog die Artikel auf den nächsten Seiten. In Nachrufen wurden die Errungenschaften der Toten gewürdigt. Weggenossen berichteten, was für besondere Persönlichkeiten sie gewesen waren. Ein Kommentator verdächtigte Ausländer, einen Anschlag verübt zu haben.

Siler freute sich darüber, dass kein Mensch ahnte, wer hinter dem Ganzen steckte. Ihm schauderte aber bei dem Gedanken, dass er tatsächlich die Toten auf seine Feinde gehetzt hatte. Vielleicht war ja alles nur Zufall, und das Seil der Festungsbahn wäre so oder so gerissen.

Er wandte sich an Dr. Mortin, in dessen Fauteuil er es sich bequem gemacht hatte.

„Und Sie sind sich ganz sicher, dass wir die Macht der Toten geweckt haben?"

„Ja, zweifellos."

„Aber das kann doch nicht mit rechten Dingen zugegangen sein. Es gibt kein Naturgesetz, mit dem man einen solchen geistigen Mord erklären könnte."

„Mein lieber Kommissar Siler, es gibt mehr zwischen Himmel und Erde, als sich die Naturwissenschaft träumen lässt. Von den fünftausend Kulturen der Menschheit glauben viertausendneunhundertneunzig an die Macht des Geistes. Tod durch Magie ist ihnen allen etwas Selbstverständliches. Noch vor zweihundert Jahren hat man in Salzburg deswegen eine Frau als Hexe verbrannt. Und selbst unsere Atomphysiker haben unlängst den Quantengeist entdeckt, der den Zustand der subatomaren Teilchen bestimmt."

„Das ist mir zu hoch. Ich bin nur ein kleiner Kommissar und versteh weder Physiker noch Schamanen. Dr. Mortin, erklären Sie mir bitte mit einfachen Worten, was da vor sich gegangen ist."

„Lassen Sie es mich so sagen. Der Geist bestimmt die Materie. Materie setzt sich aus Energie zusammen. Energie besteht aus Quanten. Quanten sind eine Raumschwingung, deren Verhalten unberechenbar ist. Hauptsächlich sind sie aber Träger von Information, und dies unabhängig von Raum und Zeit. Somit haben die alten Philosophen recht, wenn sie sagen, dass unsere Welt aus geistiger Energie entsteht. Das, mein Lieber, nennt sich heute Quantengeist."

„Das klingt zwar wunderbar kompliziert, beantwortet aber meine Frage nicht. Wie können Wesen aus dem Jenseits im Diesseits töten?"

„Vorstellungen und Gedanken hinterlassen Spuren im Kosmos. Wenn der Kosmos aus Geist besteht, dann werden die geistigen Spuren zu Schablonen, die den Weg der Materie organisieren und beeinflussen."

„Aber die Gedanken der Toten können doch kein zentimeterdickes Stahlseil zum Reißen bringen."

„Doch, mein lieber Siler, das können sie. Haben Sie noch nie von selbsterfüllenden Prophezeiungen gehört? Wenn man lange und oft genug an etwas Negatives denkt, dann tritt es auch ein."

„Schön, aber meine Gedanken haben noch nicht einmal einen Zwirn zum Reißen gebracht."

„Weil es Ihnen wahrscheinlich nicht wichtig war und es viel schneller geht, den Zwirn mit einer Schere abzuschneiden, als ein Jahr lang daran zu denken, dass er reißen wird. In unserem Fall liegt es aber anders. Hitler und seine Schergen haben fünfzig Millionen Tote auf dem Gewissen, und die sind seit fünfzig Jahren wütend. Jedes Mal, wenn ein Nazi mit seinen Verbrechen davonkommt, dann drehen jene sich im Grab um. Vielleicht denken die Ermordeten seit dem Krieg in jeder Sekunde daran, dass ihnen Gerechtigkeit widerfahren sollte. Und jetzt rechnen Sie nach: fünfzig Millionen Tote mal fünfzig Jahre mal dreihundertfünfundsechzig Tage mal vierundzwanzig Stunden mal dreitausendsechshundert Sekunden. Können Sie sich jetzt vorstellen, welch enorme Kraft sich da aufgestaut hat? Es braucht nur einen geübten Mann im Diesseits, der die Verbindung zum Jenseits aufbaut und die Schleusen öffnet."

Siler war still. Lange sprach er gar nichts und bewegte keinen Muskel. Das Weltbild, das Mortin vor ihm aufgebaut hatte, warf ihn schlichtweg um. Die Aussichten, die sich daraus ergaben, gefielen ihm gar nicht.

„Gesetzt, Sie haben recht, Mortin, und wir haben der Wut der Toten Einlass in unsere materielle Welt verschafft. Dann ist hier bald die Hölle los. Wie werden wir die Geister, die wir riefen, wieder los und verhindern, dass noch Tausende sterben?"

„Das ist ein berechtigter Einwand, und damit es nicht so weit kommt, bleibt uns noch einiges zu tun."

„Nicht schon wieder. Ich weigere mich, ein weitere Nacht mit seltsamen Gesängen auf dem Friedhof zu verbringen."

„Damit wäre es auch gar nicht getan. Die Toten können nur besänftigt werden, wenn ihr Leid wahrgenommen wird – und zwar nicht nur von den Familien der Opfer, sondern auch von denen der Täter."

„Aber seit fünfzig Jahren hat niemand die Täter zur Einsicht gebracht. Die werden ihr Unrecht nie zugeben."

„Vielleicht ist jetzt die Zeit dafür reif. Die letzten Überlebenden des Weltkriegs haben den Tod vor Augen. Alle Menschen fürchten sich bewusst oder unbewusst davor, im Jenseits zur Rechenschaft gezogen zu werden. Wir müssen den Tätern nur klarmachen, dass es ihr Tod ist, wenn sie weiter leugnen."

„Das klingt nach einer Menge Arbeit."

„In der Tat, das ist es auch."

66.

Siler und Noah, Maxi und Mortin schwärmten aus, um Gleichgesinnte zu finden und Hartgesottene vom drohenden Unheil zu überzeugen. Sie redeten sich den Mund fusselig und stießen bei vielen auf Ablehnung, die ihre Geschichte nicht glauben und das vergangene Unrecht weiter leugnen wollten. Bei den Organisationen der Opfer traten sie offene Türen ein. Schließlich fanden sie doch Zugang zur Gegenpartei, indem sie den alten Soldaten zuhörten und auch deren Entbehrungen und Traumatisierungen ernst nahmen. Was Siler nie erwartet hätte: Die Funktionäre des Kameradschaftsbundes erklärten sich bereit, bei einer gemeinsamen Gedenkfeier mitzumachen.

Die Zahl derer, die mitmachen wollten, war jedoch begrenzt und überschaubar. Siler fragte skeptisch: „Wie kann eine so kleine Anzahl von Menschen den Schaden begrenzen, der von so vielen angerichtet wurde?"

Mortin beruhigte ihn: „Es ist nicht wichtig, wie viele dabei sind. Entscheidend ist, dass alle Parteien vertreten sind. Auch ein symbolischer Akt der Versöhnung wirkt und beendet den Geist der Vergeltung", beruhigte Mortin.

So kam der Tag, der den Toten den Frieden bringen sollte.

Durch drei Tore strömten die Menschen auf den Kommunalfriedhof. Von Osten kamen Vertreter der jüdischen Kultusgemeinde, von Westen jene des Österreichischen Widerstands. Von Norden marschierte der Kameradschaftsbund ein.

Nacheinander legten die Verbände ihre Zeichen des Gedenkens am provisorischen Kriegerdenkmal nieder, das nun ein gemeinsames Mahnmal werden sollte. Die Vertreter der Kultusgemeinde legten Steine auf das Denkmal, die an ihre Toten erinnern sollten. Die Vertreter des Widerstands legten Dokumente auf den Boden, in denen die Namen der in Salzburg Ermordeten verzeichnet waren. Die Mitglieder des Kameradschaftsbundes legten Kränze für die gefallenen Soldaten nieder.

Bisher waren solche Begegnungen auf dem Friedhof in Reserviertheit und stiller Feindseligkeit vor sich gegangen. Diesmal jedoch geschah etwas Unerwartetes. Der Chef der Kameradschaft tat, was Mortin ihn geheißen hatte.

„Kameraden, kniet nieder!"

Die Mitglieder der Kameradschaft blickten sich ungläubig an. Dann folgte jedoch einer nach dem anderen dem Befehl des Vorgesetzten.

„Sprecht mir nach: Wir haben unzählige Feinde getötet. Wir haben Dörfer gebrandschatzt, Zivilisten ihrer Nahrungsmittel beraubt und sie obdachlos in den kalten Winter geschickt."

Wieder blickten sich die alten Soldaten an. Doch dann sprachen sie langsam die ungewohnten Worte nach.

Ihr Vorgesetzter war noch nicht fertig: „Wir haben Unschuldige verschleppt und an die SS ausgeliefert. Von einer falschen Ideologie verblendet, haben wir Leid und Verderben über Millionen gebracht. Wir waren Teil einer riesigen Maschinerie, der so viele zum Opfer gefallen sind. All dies tut uns unendlich leid. Möge Gott uns vergeben."

Als die alten Soldaten die Worte nachsprachen, senkte einer nach dem anderen sein Haupt. Manch einem rannen Tränen über die Wangen, als wäre es eine Befreiung, die lange getragene Schuld aussprechen zu können.

Da knieten auch die Mitglieder des Widerstands nieder und wiederholten die Worte ihres Anführers.

„Auch wir haben getötet. Wir haben Brücken und Gleise gesprengt, Nachschublinien unterbrochen. Um den Diktator aufzuhalten, fühlten wir uns berechtigt, Menschen zu opfern, Soldaten zu töten, die nur glaubten, ihre Pflicht zu tun. Auch uns tut es leid. Möge Gott uns vergeben, denn Gewalt kann durch nichts gerechtfertigt werden."

Der Vorsitzende der Kultusgemeinde erhob seine Stimme: „Wir fordern Gerechtigkeit für die Opfer der Schoa, der Arisierung und der Vertreibung. Wir betrauern sechs Millionen Ermordete, unsere Freunde, unsere Eltern und unsere Geschwister. Keine Entschuldigung kann dieses Unrecht aufwiegen."

Der Chor der alten Soldaten sprach: „Dieses Unrecht tragen wir seit fünf Jahrzehnten. Wir glaubten, es ginge uns nichts an. Wo wir es sahen, blickten wir weg. Alles, was wir tun können, ist anzuerkennen, was geschehen ist. Auch wenn wir auf Befehl gehandelt haben, so übernimmt doch jeder von uns seinen Teil der Verantwortung. Wir können das Unrecht nicht ungeschehen machen, aber wir bekennen, dass es Unrecht ist."

Der Vorsitzende der Kultusgemeinde blickte lange vor sich hin. „Was wir fordern ist, dass das Unrecht niemals vergessen wird, die gestohlenen Güter zurückgegeben und die Vertriebenen zurückgeholt werden, wenn sie dies denn wollen."

Gemeinsam sprachen Soldaten und Widerständler: „All dies soll geschehen, damit niemals vergessen wird, dass Gewalt nur Unrecht zeugt und Opfer fordert. Wir entsagen unserer Vergangenheit und bitten darum, in die Gemeinschaft der Friedfertigen aufgenommen zu werden."

Da setzten sich die Mitglieder der Kultusgemeinde nieder, um nicht auf ihre ehemaligen Feinde hinabblicken zu müssen. „Wir alle sind Menschen, und kein Mensch steht über dem anderen. Wir waren eure Nachbarn, bevor ihr uns verstoßen und verfolgt habt. Wenn ihr dies wollt, dann werden wir wieder eure Nachbarn sein."

Schließlich saßen über hundert Menschen auf dem Boden und fühlten, dass sie alle Kinder der Mutter Erde waren. Ein Jude reichte einem alten Soldaten die Hand. Dann wurden viele Hände ausgestreckt, und aus den verfeindeten Parteien wurde ein großer Kreis von Menschen, durch viele Hände verbunden.

Es war windstill. Das Rauschen in den Blättern hatte aufgehört. Ruhe senkte sich in die lange gequälten Herzen.

Noah fühlte den Frieden, der in die Gräber zurückgekehrt war.

67.

Siler packte seine Sachen. Er entleerte die Schubladen seines Schreibtischs und die Fächer seines Büroregals und steckte alles in einen großen Karton. Die Versetzung nach Salzburg hatte sich als allzu großes Abenteuer herausgestellt, war mehr gewesen, als ein kleiner Polizist verkraften kann. Er hatte die Nase voll.

Schmalzl stürmte ins Büro und blickte sich um. „Was machen Sie denn da?"

„Ich packe."

„Soll das heißen, Sie geben auf und quittieren den Dienst? Verdammt, wir haben zehn Morde vorliegen, und Sie haben keinen einzigen aufgeklärt. Was soll ich denn jetzt der Presse sagen?"

„Sagen Sie, was immer Sie wollen. Sie beherrschen doch die schönen Floskeln, die man den Journalisten hinschmeißt, wenn man nicht weiterweiß: Die Untersuchungen laufen noch, Sie dürfen noch nichts Genaues sagen, es gibt eine heiße Spur und so weiter und so weiter."

„Aber es gibt keine heiße Spur. Sie haben mir überhaupt nichts Brauchbares geliefert, Siler. Wir stehen vor der Öffentlichkeit völlig blamiert da. So lass ich Sie nicht davonkommen."

„Vielleicht haben wir nichts gefunden, weil es nichts zu finden gibt. Herr Oberst, Sie hatten von Anfang an Recht. Lauter natürliche Todesursachen, eine Reihe von unglücklichen Zufällen, keinerlei Beweise für Mord, keine Hinweise auf Täter. Nicht einmal das Seil der Festungsbahn war angesägt."

Schmalzl schnaubte wütend: „Aber das habe ich doch am Anfang der Untersuchungen nur gesagt, um Sie zu testen und zu ärgern. Seien Sie ehrlich, Sie glauben doch nicht ernsthaft, dass das alles mit rechten Dingen zugegangen ist."

„Nein, mit rechten Dingen ist es nicht zugegangen. Das heißt aber nicht, dass sich irgendetwas beweisen lässt."

Schmalzl gingen die Argumente aus, und so suchte er Zuflucht zu autoritären Anordnungen: „Siler, Sie packen jetzt sofort wieder aus und machen sich an die Arbeit. Morgen liegt Ihr Bericht auf meinem Schreibtisch."

„Den Teufel werde ich tun. Und auf Ihren Schreibtisch lege ich überhaupt nichts mehr."

Schmalzl stand über so viel Unverfrorenheit der Mund offen. Ratlos runzelte er die Stirn bei der Aussicht, sich selbst um das ganze Schlamassel kümmern zu müssen. „Und was gedenken Sie jetzt zu tun?"

„Ich lasse mich nach Linz zurückversetzen. Dort hätte ich von Anfang an bleiben sollen." Er packte seinen Karton und ging zur Tür hinaus.

„Sie Pfeife, Sie Versager, Sie glauben doch nicht, dass man Sie in Linz wieder mit offenen Armen aufnehmen wird?" schrie ihm Schmalzl nach. „Sie haben da und dort versagt, es wird Sie niemand mehr ernst nehmen. Sie können Ihr Testament machen!"

„Keine schlechte Idee, nach allem, was ich in Salzburg erlebt habe." Siler sah sich noch einmal um und blickte seinen Chef mit einem Lächeln an, welches dieser in keiner Weise deuten konnte.

68.

Die Höhle im Inneren des Berges war dunkel, so wie es alle Höhlen sind. Lediglich eine Fackel flackerte im Wind, der durch die Felsspalten pfiff, als strebte er einem unsichtbaren Ausgang entgegen. Das spärliche Licht warf tanzende Schatten an die Wände, an denen Sintergestein in Jahrtausenden farbige Linien gezogen hatte. Davon erhellt wurde eine gespenstische Gestalt, die auf einem uralten, mit Schnitzereien überzogenen Thron saß. Dieser hatte gotische Spitzen über seiner Lehne und war wohl im Mittelalter gefertigt worden. Wie war die Gestalt an diesen düsteren Ort im Inneren des Untersbergs gekommen? Wer hatte den Thron hier aufgestellt und die vertrocknete Leiche darauf gesetzt? Wer zündete täglich eine neue Fackel an?

Die Antwort auf diese Fragen werden wir nie erfahren. Denn der Fackelträger hütete sein Geheimnis bis in den Tod. Niemand sollte wissen, wer hier über die Jahrzehnte von den Höhlenwinden mumifiziert worden war. Zu gefährlich war das Wissen um den Toten, der seit langem persona non grata war und dennoch tausende Anhänger angezogen hätte, wenn diese gewusst hätten, wo sich sein Grab befand.

Nun war der Fackelträger selbst tot. Er hatte es nicht mehr zum Ausgang der Höhle geschafft, der so hinter Latschen versteckt war, dass selbst die erfahrenen Höhlenforscher ihn nicht gefunden hatten. Ein Felssturz hatte den Mann unter sich begraben und damit auch den Eingang zum dahinterliegenden Geheimnis verschlossen. Im Augenblick seines Todes zogen noch einmal die tausend Fackeln an ihm vorüber, welche die Aufmärsche seiner Genossen einst erleuchtet hatten. Sterbend sah er sich in den Reihen marschieren, mit Jubel im Herzen in das mächtige Lied einstimmend, das die Männer erfasste wie Feuer im Sturm. Ein letztes Mal schrie er heraus, was der Traum seiner Jugend, die Inbrunst seines Herzens gewesen war: „Flamme empor, Flamme empor!"

Seit Jahrhunderten ging durch die Salzburger Lande die Mär, dass im Untersberg ein mächtiger Führer auf seinem Thron säße, wartend auf die rechte Zeit. Dann würde er wiederkommen und Deutschland aus der Hand seiner Feinde erretten. Viele wähnten, Kaiser Friedrich Barbarossa säße da drinnen und würde nach tausend Jahren wiederkommen, um das Deutsche Kaiserreich erneut zu errichten. Manche erzählten, es wäre der heilige Kaiser Karl der Große, der einst das Primat der Germanen über die Völker Europas hatte Wirklichkeit werden lassen. Er würde dereinst ein neues Weltreich der Deutschen einläuten.

Weit gefehlt. Auf dem alten, hölzernen Thron saß kein Kaiser, weder der eine noch der andere. Dennoch ein Führer, der versucht hatte, die Mythen der Vorfahren zum Leben zu erwecken. Er wollte nicht nach tausend Jahren wiederkommen, sondern tausend Jahre bleiben.

Wohl aus diesem Grund hatte der Fackelträger seinen Herrn an diesen Ort gesetzt. Eine Schlacht konnte verloren gehen, sogar ein Krieg. Aber die Idee konnte niemand töten. Solange es die Idee des Reiches gab, das mit aller Kraft und unter Einsatz des Lebens zu verteidigen war, solange würden sich Männer finden, die die Fahne aus dem Staub ergriffen und erhoben, damit sie weithin sichtbar flattere, um erneut zum Kampf zu rufen.

Zum letzten Mal hatte der Standartenführer die Fackel entzündet. Bald würde die Zeit kommen, und die Epigonen der großen Helden würden sich aus ihren Verstecken begeben und das Europa der Germanen erneut vereinen. Die Väter hatten dies mit der Gewalt der Waffen getan, die Söhne versuchten es mit der Kraft der Diplomatie. Einerlei, das europaweite Reich war zum Greifen nah und benötigte neuerlich eine starke Hand.

Den Blick auf den Führer gerichtet, salutierte sein Bewunderer ein letztes Mal, bevor er zum Ausgang der Höhle ging, seinem Tod entgegen. Mit Stolz betrachtete der Standartenführer die gepflegte braune Uniform, die den Toten seit Jahrzehnten bedeckte, als wäre sie frisch geplättet worden. Die stolze Schirmmütze strahlte frisch poliert über dem vertrockneten Gesicht. Die eingefallenen Augen schienen dem Adepten so durchdringend ins Herz zu stechen wie am ersten Tag, als er dem Charisma des begnadeten Redners verfallen war.

Die Steine, die den SS-Mann erschlugen, waren nur der Auftakt zum großen Grollen des Bergs. Allenthalben fielen Steine von der Decke der Höhle, als wären die Bomber erwacht, die Deutschland einst in Schutt und Asche gelegt hatten. Damals hatte der Held Deutschlands feige in seinem Bunker gesessen. Nun schien sich sein Bunker gegen ihn verschworen zu haben.

Unter dem Steinschlag zerbrach das mürbe Rückgrat der Mumie. Ihr Kopf sank vornüber und fiel zu Boden. Die Finger, welche die Armlehnen des Throns in festem Griff zu halten schienen, zerbrachen und fielen ab als gehörten sie einem Aussätzigen. Danach zerbröselten auch Beine und Rumpf der finstren Gestalt.

Fünfzig Jahre nach seinem Selbstmord starb Adolf Hitler ein zweites Mal, diesmal für immer. Die Steine leisteten ganze Arbeit. Man würde nichts mehr von ihm finden als ein Häufchen Staub. Seine Zeit war endgültig vorbei, als sein Volk bereit war, den düsteren Schergen ins Auge zu blicken. Wenn jemals wieder die Massen marschierten, dann nur um mit erhobenen Fäusten zu schreien: „Nie wieder. Niemals wieder."

Danksagung

Ich bedanke mich bei Wolfgang Ebner für die kompetente Durchsicht des Manuskripts. Er und sein Team haben mir viele Einblicke in die Welt der Bestattung gegeben, ohne die dieses Buch nicht möglich gewesen wäre. Ebenso danke ich Herrn Wilhelm Wagner für viele interessante Diskussionen über Tod und Sterben, die in dieses Buch eingeflossen sind.

Ich danke auch den Freunden in der anderen Welt: Christoph Wagner, Günter Hochwallner, Manfred Biebl und Lisa Schirl-Leitgeb. Niemand weiß, warum ihr so früh gehen musstet. Aber ihr bringt uns den Tod näher, und so wird er zum Freund und verliert seinen Schrecken. Es ist gut, euch auf der anderen Seite zu wissen, wann immer wir euch nachfolgen.

Unsere Gedanken sind bei euch.

So wie eure bei uns.